秦 建日子

Hata Takehiko

Across the Universe

河出書房新社

kawade shobo shinsha

Across the Universe

contents

ブックデザイン：坂野公一（welle design）
写真：Adobe Stock

Across the Universe

２０１９年８月。東京ドーム。

爆発音とともに引き起こされた群衆パニック。

逃げ場を求めて人々は走り、転び、転んだ人を踏みつけにしてまた走り、また転ぶ。

オーロラ・ビジョンには、爆破シミュレーション・アプリ「アイコ」の画面。

Googleマップ上の東京ドームに、爆破済みを示すアイコンが、ピコンと一つ、追加される。

そして最後に、外野フェンス上部のリボン・ビジョンに、メッセージ。

レフト側には英語で。

ライト側には日本語で。

D is the key

Dこそが重要だ

第一章

1

「命は、等しく尊い」

というのは、ただの綺麗事である。

命には、軽重がある。

警察という特殊な組織に属していると、相棒や、同じ捜査本部の仲間の命を、特に重く感じるようになる。危険な現場になればなるほど、互いの命を守り合うという関係性になるからだ。

世田志乃夫《せたしのぶ》にとって、高梨真奈美《たかなしまなみ》は特別な存在だった。

彼女は警察官ではなかったが、かつて、渋谷ハチ公前広場で共に事件に遭遇した。

爆発したハチ公の銅像。人々に襲いかかった数千の微小な破片。彼女の左腕には、鉤爪《かぎづめ》で引き裂かれたような白い傷が今も残っている。

あの連続爆弾テロ事件を短期間で解決出来たのは、真奈美からもたらされた手がかりが大きかった。その上彼女は、ＰＴＳＤに苦しむ彼の相棒の心も救ってくれた。泉大輝《いずみたいき》。事件後、新宿の心療内科クリニックで再会した真奈美と泉は、やがて恋人関係になり、結婚を意識するようになった。それをふたりから報告された時、世田は、息子に婚約者が出来たかのようなくすぐったい喜びを感じたものだった。

「もう、一生分のアンラッキーは体験したので、あとは幸せになっていくばっかりですね！」

そう笑顔で言っていた真奈美。まさか、そんな彼女が、わずか二年後にもう一度爆弾に吹き飛ばされる運命だと誰が想像しただろう。

港区白金。レストラン・チェーンの社長染谷《そめや》家の爆破事件。たまたま、世田はその家のすぐ外にいて、真奈美は中にいた。家の中に飛び込んだ世田が見たのは、アップライト・ピアノに右腕を押し潰されていた真奈美の姿だった。

高梨真奈美の入院は、二ヶ月にも及んだ。右腕切断以外にも、頭蓋骨陥没骨折と脳出血も併発していたからだ。世田は、可能な限り頻繁《ひんぱん》に、病院に彼女を見舞った。ようやく退院の目処がついてきたある日、真奈美は、世田にこんなことを言った。

「バチが当たったのかも、ですよね」

「は?」

世田は、真奈美が何を言い出したのか理解出来なかった。

「世田さんも、覚えてるでしょう? 私の友達の、印南綾乃《いんなみあやの》。彼女、あの事件で目が見えなくなっちゃったじゃないですか。でもその後、彼女がテレビでインタビューされたり、SNSでたくさんの人から励まされたり、海外のロックスターみたいな人からも直接メッセージをもらったりして……私ね、心の中でちょっぴり『羨ましいな』って思ってたんです。ひどいですよね。有名になることより、目が見えてる方がずっと良いに決まってるのに。だからきっと」

世田は、真奈美に最後まで言わせなかった。

「バカなことを言うな!」

自分でも驚くほどの大声を世田は出した。

「渋谷の事件の後、君がどれだけ懸命に生きてきたか、俺は知っている。君の存在が、どれだけ泉を、そして間接的には俺や、あの事件に関わった多くの警官たちを救ってくれたことか。だから頼む。バチだなんて言わないでくれ」

「……」

「綾乃さんも、君も、泉も、ただの被害者だ。誰も、何も、悪くない」

「……」

真奈美はしばらく黙っていたが、やがて呟くように「ありがとうございます」と言った。

泉と真奈美が別れたと聞いたのは、それから少し後のことだった。

世田志乃夫にとって、泉大輝も特別な存在だった。

かつて、渋谷署でコンビを組み、ともに渋谷ハチ公前広場の爆弾テロ事件の捜査に当たった彼の相棒。彼は捜査中、犯人が爆弾のトラップを仕掛けたドアを開け、轟音《ごうおん》とともに吹きとばされた。世田は今でもあの時のことを、スローモーション再生のように思い出す。死んだかもしれない。そう感じた時の、あの、胃がギュッと固まる感じ。背中に走った寒け。あの時は、分厚いドア板が防風壁となって泉を救った。泉が立っていた位置が左に五十センチほどずれていたら、彼は本当に死んでいただろう。

その後、泉はＰＴＳＤに悩まされ、刑事の仕事を続けられなくなった。警察での泉の最後の仕事は、池袋署の署長車の運転手だった。そして、それすらも、あの「第二の事件」のせいで泉は続けられなくなった。

世田に一言の連絡もせず、泉は警察を辞めた。

風の噂では、彼はうつ病だったとか、東京の住居を引き払ってどこか田舎の方に引っ込んだらしいとか、聞いた。それが正確な情報なのか、世田は知らない。

世田志乃夫にとって、今、最も重たい命は、天羽《あもう》史《ふみ》の命である。

本所南署に異動になった世田が組むことになった、新たなバディ。青いカラコンに、巨大な付け睫毛《まつげ》。真っ赤な口紅。背中の真ん中まで伸びたパープル・ピンクのウェービーヘア。しかし、ド派手な外見にもかかわらず、彼女は常識人であり、子供思いであり、捜査においては、機転が利く上にとても地道かつ粘り強いタイプだった。良い刑事になる資質を持っていた。しかし、それでも彼女は、サイバー課から刑事課に異動になってまだ半年のヒヨッコだった。単独行動の危険性をきちんとわかっていなかった。そこをきちんと教えることは、バディである世田の責任だった。

２０１９年７月25日。彼女は失踪した。

失踪の翌々日、西五反田にあるマクドナルドの防犯カメラ映像から、天羽が、事件関係者である少年とふたりでいたのが発見された。

やがて、男がふたり、階段を上って来た。ひとりはガリガリに痩せていて、黒い半袖のポロシャツから棒きれのような腕が伸びていた。もうひとりは背が高く、奇妙な地図がプリントされた白いＴシャツを着ていた。その後の調査で、それは『ロード・オブ・ザ・リング』の『中《なか》つ国《くに》』の地図だと判明したが、そのＴシャツ自体は珍しいものではなかったので、そこから彼らの身元に辿り着くことは出来なかった。ふたりとも、帽子を被り、マスクもしていた。その時、天羽は呑気《のんき》にビッグマックを齧《かじ》っていたが、すぐにその若いふたりが、自分が今相対している少年の仲間だと気づいたようだった。

その後、天羽が彼らとどんな会話をしたのかはわからない。しばらくすると、天羽は小さく肩をすくめて席から立ち、彼らと一緒に店から出て行った。そして、神隠しにでもあったかのように、彼女は消えた。

捜査中の刑事の失踪というのは、警察にとって、最もあってはならないことだ。警視庁は天羽の失踪を当初は公表しなかったが、通常の殺人事件よりも多くの捜査員を投入して彼女の行方を探した。

が、見つからなかった。

その後、一部の週刊誌が『ツリー・ブランチ事件の影で、女性刑事が謎の失踪』というスクープ記事を出した。進展しない捜査に業《ごう》を煮《に》やした警察内部の誰かがリークしたのだと世田は想像した。事件が報道されれば、それだけ集まる情報は多くなる。世田はそれに期待した。

が、やはり天羽は見つからなかった。

警察は、今も組織の威信をかけて探している。しかし……

天羽史刑事が失踪してからもうすぐ百日。

彼女は未だに見つかっていない。

2

２０１６年の12月31日。

渋谷ハチ公前広場で日本史上最悪の爆弾テロ事件が起きた年の、その大晦日《おおみそか》。

須永基樹《すながもとき》は、中野の東京警察病院に入院中の印南綾乃を見舞った。

白い壁に囲まれた小さな個室。窓辺のクリーム色のカーテンが、半分開いた窓から入ってくる風に、ふわりふわりと揺れていた。洗面ボウルと鏡。冷蔵庫付きの床頭台《しょうとうだい》と縦長のロッカー。そして、白いベッド。午後の三時を少し回っていた。窓から射し込む淡黄色の光が、ベッドテーブルの上の青いマグカップと、白い花柄の化粧ポーチに、淡い影を作っていた。

綾乃は、ベッドの上に半身を起こし、窓を向いて座っていた。

「こんにちは」

「え？　須永、さん？」

須永が声をかけると、綾乃は驚いたような声で応えた。両目を覆うように巻かれた白い包帯。さらに、額、左のこめかみ、右の頬には、別に白い大きなガーゼがテープで留められている。あまりジロジロ見てはいけない気がして、須永はベッドサイドにあった丸椅子に視線を落とした。

手前に引き、それに腰をかける。

「びっくりしました」

綾乃が明るい声で言った。

「とっても嬉しいです」


最初の見舞いは、時間的には15分くらいだった。

他愛もない話を少し。最初に出会った時に話した小説のこととか。すぐに会話は途切れ、最後の方は、ふたりともじっと黙っていた。それは、いたたまれないような静けさではなく、どちらかというと、互いの傷んだ心をゆっくりと癒すような沈黙だった。

その後、須永は連日のように彼女を見舞った。しばらくはベッドサイドで短時間話をして帰るだけだったが、やがて、一緒に病室の外にも出るようになった。目の見えない綾乃と腕を組み、彼女を壁側にしてゆっくり歩く。

「あと二歩で、小さな段差があるよ」

「エレベーターに乗るよ」

入院しているフロアの看護師たちにはすぐに顔を覚えられた。ナース・ステーションのカウンターで面会記録を書いていると、

「これ、良かったらどうぞ」

と、看護師から、正月の帰省旅行土産の温泉饅頭《おんせんまんじゅう》をもらったこともある。それをそのまま病室に持っていくと、綾乃はフフフと微笑《ほほえ》み、

「須永さん、ナースの皆さんからすっごく注目されてるみたいですよ」

と言った。

「注目？　なんで？」

「誰かが、須永さんが載ってる雑誌、病院に持ってきたみたい。実はすごい有名人だったって」

「全然、有名じゃないよ。アプリ開発なんて、裏方も良いところだよ」

「須永さんに自覚無いのは知ってるけど、私たちからしたら有名人なんです。だって、みんなのスマホの中に、須永さんの作ったアプリ、入ってるんですよ？」

そんな会話をしながら、温泉饅頭を真ん中で割って、綾乃と半分ずつ食べた。ほんのり甘くてしっとりしていて、とても美味《おい》しい饅頭だった。


1月5日。

晴れて暖かい日には、中庭まで足を延ばした。陽当たりの良いベンチに並んで座ると、綾乃は、今日の昼ご飯がクリーム・コロッケだったことや、担当の理療士さんが新しい人になり、その人はいつも甘い香りがすることや、他の入院患者たちとたくさん仲良しになったことを教えてくれた。

いつものようにエレベーターを降りてナース・ステーションに向かうと、ピンクのガウンを着た年配の女性が須永に近寄って来た。

「あなた、綾乃ちゃんの彼氏さんよね？　昨日のこと、彼女から聞いた？」

「え？」

「今はあれでしょう？　何でもやっちゃったもの勝ち、みたいな嫌な世の中でしょう？　彼氏ならちゃんとそういうところまで気を配って、守ってあげなければダメよ？」

「？」

老婦人は言いたいことだけ言うと、去っていった。しかし、彼女が何を言いたかったのかはさっぱりわからなかった。綾乃は須永からその話を聞くと、

「あー、昨日のマスコミの……」

と苦笑した。

「マスコミ？」

「うん。昨日、フリーのジャーナリストとかいう人が、無断で病棟に入って来たの」

「え？」

「ほら、ここって外科病棟だから、あの事件の被害者がたくさん入院してるでしょ、それでね」

その頃、綾乃は須永に対して、既に敬語は使わないようになっていた。そう須永が希望したからだった。

「それでねって……ここ、警察病院だよね？　セキュリティとかどうなってるんだろう」

「うん。昨日はそのあと、ちょっとした騒ぎになってた」

「……」

綾乃の話と、その後、ナース・ステーションで看護師から教えてもらった情報を合わせると、おおよそ、次のようなことだった。

その自称ジャーナリストは、三十代くらいの、小太りで、縁なしのメガネをかけた男だった。首からＩＤパスのようなものを下げていたのと、あまりにも堂々と廊下などを歩いていたので、最初は誰も不審に思わなかったのだという。アクションカメラと呼ばれる小型のカメラをずっと回していて、音声はスマホの録音アプリで録っていたらしい。入院患者に親しげに話しかけ、それから、

「もしかして、そのお怪我、渋谷のハチ公前の事件でですか？」

と質問するのがパターンだったらしい。

「今日は良い天気ですね」

男は、目の見えない綾乃にも声をかけてきた。

「そうみたいですね」

綾乃は答えた。

それから男はいくつか綾乃に質問をし、綾乃は警戒もせずに正直な返答を続けた。と、その時、

看護師が数値チェックをしに綾乃の病室に入ってきた。その瞬間、男は綾乃の前にそっと置いていたカメラとスマホをスッとバッグに入れた。その動きを逆に怪しいと思った看護師が、

「どちら様ですか？　お見舞いの方ですか？　ナース・ステーションで受付は済まされていますか？」

矢継《やつ》ぎ早《ばや》に尋ねると、男は逃げるように部屋から出ていった。看護師は即座にセキュリティに連絡をし、セキュリティから警察に通報が行った。

その日の夜、須永のスマホに、綾乃の友人の高梨真奈美から着信があった。

「須永さん。YouTube、見ました？」

「綾乃のインタビュー動画がアップされてるんですよ」

「YouTube？」

「え？」

すぐに教えてもらったURLを開いてみる。『渋谷ハチ公前爆破事件の被害者は語る』という動画のタイトルがすぐに出てきた。サムネイルは、爆発する前のハチ公像だ。

「今日は良い天気ですね」

カメラを操作している男の方は、声だけだ。被害者を探して複数の人たちに声をかける。やがて、

「今日は良い天気ですね」

「そうみたいですね」

そう答えながら振り返る綾乃の映像が現れた。ベージュの病衣の上に青いガウン。両目に包帯。額、左のこめかみ、右の頬には大きな白いガーゼ。若い女性の、それも怪我人の無防備な外見が、こんなに簡単に世界に向かって晒《さら》されて良いのかと須永は憤《いきどお》った。

「もしかして、そのお怪我、渋谷のハチ公前の事件でですか？」

「はい」

「うわあ。本当に、大変な体験でしたねぇ」

大袈裟《おおげさ》に、同情の言葉を口にする男。なんとも言えない嫌らしい阿《おもね》りのトーン。

「悔しいですよね？　本当に、犯人は許せませんよね？　今、犯人に対してどんなお気持ちですか？」

「そうですね……」

綾乃が言葉を選んでいると、男は誘導するかのように言葉を重ねてきた。

「当たり前ですけど、やはり、犯人は憎いですよね？　犯人は自殺したと言われてますけど、本当は裁判できちんと死刑判決を受けて欲しかったんじゃないですか？　どうですか？」

綾乃は困ったような微笑みを浮かべ、それから言った。

「私は、犯人を憎みません」

「え？」

自称ジャーナリストの男は、初めて「素」の声を出した。そう須永には思えた。

「犯人を、憎まない？」

「はい」

「本当に？」

「はい。私は、犯人を憎みません」

「どうして、ですか？　あなた、その傷、目、なんですよね？　目を奪った犯人を憎まないだなんて、そんなこと、あり得ますか？　今回のことは、事故じゃないんですよ？　犯人が、わざと起こした『事件』なんですよ？」

その時、綾乃の担当の看護師が病室に入ってきた。

そこで、映像は切れた。

3

川崎臨海警察署は、川崎の臨海部工業地域一帯の治安を担っている小規模な警察署である。良く言えば堅牢、悪く言えば面白みのない武骨な四角い建物。壁は、陽に焼けた麦わら帽子のようだ。

とある秋の平日。同署に勤務する長塚陽二《ながつかようじ》巡査部長は、緊急出動の要請を受けた。正面玄関の自動ドアを出て、目の前の駐車場に停車中のパトカーに向かう。運転席では、彼より一回り以上若い茂木《もてぎ》卓也《たくや》巡査が、既に暖機運転をしながら待っていた。助手席に乗る。茂木は、長塚がシートベルトを締めるのも待たずに車を発進させた。だいぶ気が逸《はや》っているようだ。サイレンを鳴らしながら、首都高の高架下の県道6号を北東に。

「安全運転で行けよ」

長塚は茂木にあえてのんびりした口調で言った。

「急いで行ったところで、死んだやつが生き返るわけじゃないんだ」

茂木は素直に少しだけアクセルを緩めた。それから、ハンドルを強く握り締めていた手をわざと離し、グー、パー、グー、パーと、二度、指の運動をした。

天気は晴れ。だが、大気の汚れのせいで、空の青に、だいぶ灰色が混じっているように見える。

時刻は、午後四時ちょうど。

「殺し、ですよね？」

ハンドルを握り直しながら茂木が訊いてくる。

「そいつはどうかな。ハゼ釣りに来て溺れただけかもしれん」

長塚は、床屋に行きそびれている白髪交じりの頭をガシガシと掻いた。ちなみに、ハゼ釣りの適漁期は七月から十月だ。ぎりぎり、季節ではある。

「まさか。多摩川ですよ？　遠浅だし、波だってほとんど立たないし、どうやって溺れるんですか！」

茂木が少し声を大きくした。

「多摩川の満潮と干潮は昼と夜に二回ずつ。昼の引き潮の時に死んだ仏《ほとけ》が満潮で隠れてて、今出て来たって可能性もある」

「なんで引き潮で死ぬんですか！」

茂木の声が更に大きくなった。

「満潮で溺れるならまだわかりますけど。しかも昼に？」

「だから、あくまで可能性だ。おまえ、さっきから声がデカいぞ」

茂木に釣られて長塚の声も大きくなりそうだった。彼は小さくひとつため息をつくと、

「茂木。ちょっとだけ別の話をしろ」

と言った。

「は？」

「良いから。五分だけ違う話をしろ」

肩に力が入り過ぎている新米は、捜査には危険だ。現場に着く前に、茂木には多少のクール・ダウンが必要と長塚は思った。

「……多摩川の満潮と干潮の水位って、どれくらい違うんですか？」

「バカ野郎。それは違う話じゃないだろ」

「はあ……」

茂木は少し考え、それから、

「今朝の新聞に、サイバー捜査課の記事、出てましたね。なんか、これから課から部に格上げになって、国際捜査協力みたいなことも積極的にやるって。てことはあれですかね。そういうところに異動になったら、国の金でニューヨークに出張とか、ロンドンに出張とか、ハワイに出張とか出来るんですかね」

と言った。

「なんで最後がハワイなんだよ」

「俺、行ったことないんですよ、ハワイ。どうなんですかね、ハワイ。日本人なら一度くらいは行ってみたいじゃないですか、ハワイ」

「どんな理屈だ。おまえは、本当に何の話をさせてもつまらんな」

テンション低く答えながら、長塚は個人の携帯を取り出した。先ほどから何度か、ポケットの中でこれが震えるのを感じていたのだ。メール。妻から。二通。読んで小さくため息をつく。それを茂木は横目で見ていたらしく、

「どうしたんですか？　何か、トラブルですか？」

とまた質問してきた。

「んー。まあ、息子がな、近所の庭に侵入して盆栽を丸刈りにしたらしい」

「はい？」

「まだ小一だぜ？　上手《うま》く鋏《はさみ》を使えたもんだ。まいったよ」

「盆栽、ですか。あれって、けっこう高いんですよね？　値段」

「みたいだな。で、俺にも一緒に謝りに行って欲しいから、今日だけはなにがなんでも定時に帰ってこいだと」

「……」

「無視すりゃ、俺がカアチャンに殺されそうだ」

肩をすくめる長塚。茂木は「ハハ」と力無い笑い声を出した。とりあえず、クール・ダウンは出来たようだ。

殿町一丁目のT字路を右折。住宅街を進む。細い道の辻《つじ》を何度か折れ、そして、近隣の民家の前に停車。赤色灯《せきしょくとう》を回したままパトカーをロックし、ふたりはそこから歩いて堤防を越える。すぐに、制服警官や鑑識係たちが見えた。黄色の規制線も既に張られており、川からの風にパタパタと揺れていた。左手には、神奈川県と東京都を結ぶ吊り橋型の大師橋。対岸にはビル群。堤防の上で遠巻きに様子を眺めている野次馬たちは、既に二十人くらいいいた。半数以上がスマホで現場を撮影している。

（嫌な時代だ）

と、長塚は思う。茂木が軽やかに堤防のブロックを駆け下りていく。長塚は、転ばぬように注意しながらそれに続く。制服警官のひとりが長塚の顔を知っていて、彼を速やかに、第一発見者である親子のところに案内した。

父親と、息子。息子の方は、ちょうど長塚の息子と同じくらいの年だろうか。父親の方は、長さの異なる釣竿を二本、手に持っていた。

「第一発見者の池田《いけだ》正弥《まさや》さんと、息子さんの大成《たいせい》くんです」

制服警官が紹介する。長塚は、

「ご協力感謝します」

と警察手帳を親子に見せて頭を下げ、そしてすぐに本題に入った。

「発見した時の状況を教えていただけますか？」

「はい。今日は天気も良くて風も弱かったので、息子と一緒にハゼ釣りに来たんです」

「釣れましたか？」

「はい、まあまあ。大きいのが二匹と小さいのを幾つか。バケツは向こうにあるんですけどね」

「それは良かった」

「で、じわじわ風が強くなって来たのでそろそろ帰ろうかと思ったところで、息子がトイレに行きたい、我慢できない、と言い出して」

「なるほど」

「で、良い繁《しげ》みがないかと探したら、川岸にちょうど良いところがあって」

言いながら、父親は水辺に緑の木が群生している場所を指差した。みっしり繁っている背の高い葦《あし》を、風と川のせせらぎがゆらりゆらりと揺らしている。その葦の隙間から、今は複数の捜査員たちが見える。

「息子が『お父さん誰かいる！　誰かいる！』って駆けて戻ってきて。それで、まさかと思ったんですけど、今度は私が見に行ったら、水に半分浸かった男性がうつ伏せで倒れていて……」

「それで？」

「それで、すぐに110番通報しました」

「どのくらいの距離まで近寄りましたか？」

「十メートルくらいでしょうか」

「それ以上は近寄っていない？」

「はい。私も息子も近寄っていません」

「十メートル離れていても、確実に死んでいるとわかったのですね？」

「え、や、だって、うつ伏せで川に顔を突っ込んだままピクリとも動かないんですよ？　しかも、背中に……あれは、誰が見たって死んでいると……」

「なるほど。や、不用意に近づかなかったのは私も良い判断だったと思いますよ」

そう長塚が言うと、緊張気味だった父親が少しホッとした表情を見せた。傍にいる息子は、いかつい大人たちに囲まれて怯えているのか、父親の後ろに隠れるようにして、ずっと下を向いている。

「誰かを見たり、何かを聞いたりとか、そういったことはないですか？」

「はい。その時は、他に人はいませんでした」

「そうですか。わかりました。ご協力、ありがとうございます」

長塚は頭を下げると、次に、青いシートの脇に屈んでいる二名の鑑識係のところに移動した。茂木が、今の会話のメモを取りつつ付いてくる。

「どうだい？」

声をかける。片方の鑑識係が立ち上がり、

「見ますか？」

と言いながら、長塚の返事より先に彼のためのスペースを空けた。

「たんまり繋っている葦のせいで、ゲソ痕《こん》はひとつもみつかりませんでした」

「そうか。まあ、仕方ないよな」

言いながら、被害者のすぐ近くにしゃがみ込む。

男は、うつ伏せに倒れていた。ブリーチした髪が、散々使った後のモップのように絡み合っている。泥に濡れた右耳に、イヤーカフが三つとピアスが二つ。泥のせいで、正確な色の判別はできない。身長は百八十センチ近くあるだろうか。くの字に曲がった両手。左手首には、チープな質感の黒いスポーツ・ウォッチ。上着は、ド派手に光る素材のジャンパー。背の部分には刺繡《ししゅう》された大きな龍の顔。その顔ごと、アイスピックのようなものが突き刺さっている。そして、赤黒く凝固の始まっている血液。

「所持品は？」

「尻ポケットに、免許証の入った財布がありました。あと、ジャンパーのポケットに車の鍵とスマホも」

横から制服警官のひとりが答える。

「あと、万札が三十枚入った白い封筒がありました」

「三十枚？　そいつは、まあまあ大金だな」

長塚は言いながら、死体に向かって形式的に手を合わせる。そして小さくため息をついた。

「どう見ても、他殺だな」

「ですね。背中は自分じゃ刺せませんから」

鑑識係が答える。

ふと、長塚は被害者の男の首の後ろをじっと見た。

長塚は先週、姪《めい》に会いに行った。妹から「生まれたわよ」と連絡を受けてから三ヶ月。姪はもう、うつ伏せから首上げができるくらいに成長していた。赤ん坊の、首の後ろにある柔らかな横じわ。他殺体となった男の首の後ろにも、質感はもちろん違うのだが、やはり、似たような横じわが出来ていた。

「何も、殺さなくてもいいのにな」

ボソリと長塚は呟く。

「どんな動機か知らないが、何も殺すこたあない」

深く考えての言葉ではない。姪っ子のことを思い出したら、なんとなく、そういう言葉が出たのだ。言いながら立ち上がる。と、ずっと無言で近くにいた茂木が、何かに少し引っかかったような顔をしていた。

「どうした?」

「いえ。ただ、動機は何だろうと思いまして……」

「ん?」

「犯人、ひと突きで殺してますよね。何の躊躇《ためら》いもなく殺してますよね。しかも、金を盗ってない。ガイシャの身元も隠してない。何かの恨みを晴らすとか、トラブルで憎んで殺すとかなら、もっとたくさん刺したりするだろうし……」

茂木はそう言ってから、一度、自分を落ち着かせるように、大きく息を吸って、吐いた。そして、もう一度、同じ言葉を言った。

「なら、動機は何でしょう?」

4

須永は、綾乃の退院を手伝うため、自分の会社を一日休むことにした。２０１７年の１月16日。底冷えのする寒い朝だった。黒のカシミアのセーターの上からさらにグレーのダウンを羽織《はお》り、取引先の友人に昨晩から借りているアルファードに乗り込む。スマホの天気予報アプリの読み上げ機能をオンにし、エンジン・ボタンを押す。

「本日の東京は快晴。しかし、冷え込みの強い一日になるでしょう」

駒沢通りを走り、青とグレーの駒沢陸橋が見えたところで右にウインカーを出す。フロントガラスから見える空は、確かに、雲ひとつない美しい冬晴れだった。銀杏《いちょう》並木の横を走り、大和陸橋を越えて早稲田通りに。綾乃がずっと入院していた警察病院は、この通りの右側だ。病院の裏にある平置きの駐車場に車を乗り入れる時、奥の方にテレビ局のロゴの入った白いミニバンが停まっているのが見えた。

須永が病室に入ると、綾乃の父親の印南恵吾《けいご》が、カーテンのこちら側に立っていた。

ちなみに、綾乃の両親と会うのはこの日が二度目だった。初対面の時は「夫婦で地方で飲食店をやっているので、綾乃にずっと付きっきりでいてやれないのが申し訳ない」と、なぜか本人にではなく須永に何度も謝っていた。今日は退院ということで、また店は臨時休業にしたのだろう。

「あの……どうされました？」

そう尋ねると、

「うん。まだちょっと綾乃の着替えが」

と、恵吾はモゴモゴと言った。カーテンの中から母親の美代子《みよこ》の声がした。

「だから、今日はこの冬一番の寒さなのよ」

「でもお母さん、さすがにこれは、モコモコすぎません？」

抗議しているのは真奈美の声だ。

「さっき、看護師さん言ってたじゃないですか。テレビが玄関の外に来てるって。どうせ映されちゃうなら、せめて可愛く映されたいじゃないですか」

「でも、本当に今日は寒いのよ」

「ふたりとも、私はなんでもいいから。早く終わらせようよ」

最後の声は綾乃だった。恵吾が中に、

「須永君、もう来てるぞ」

と、声をかけた。

「はーい」

同じ返事が三つ重なり、それからしばらくして、やっとカーテンが開いた。綾乃は、肩までの黒髪をハーフアップにしていた。青いタートル・ネックのフリースも、デニム生地のロング・スカートも、綾乃によく似合っていた。

「須永さん、ちゃんと大きな車で来てくれました？」

「うん。六人乗りのアルファードを借りて来たよ」

「おー、良いですね。さすが、頼りになるオトコ」

そんな真奈美の軽口を笑いながら、綾乃は「忙しいのに、ありがとうございます」と、ちょっといつもよりお堅くお礼の言葉を言った。

「ところで、俺も、テレビ局の車をチラッと見たけど、あれ、綾乃さんへの取材？」

須永が尋ねる。

「みたいっす。断ったのに、勝手に張り込んでるんす」

憮然《ぶぜん》とした口調で真奈美が答える。

件《くだん》の綾乃の動画は、その後、警察からの指導で二日で削除された。また、動画の作成者は、警察病院への不法侵入で後日、書類送検された。ネットで過熱する「視聴数稼ぎ」に対して警察が行った「見せしめ」だった。ただ、綾乃の動画自体は、アップロード直後から大きな話題になり、Twitter、Instagram、Facebookなど、さまざまなＳＮＳにコピーされ、拡散された。

爆弾テロ事件の被害者の生の声。

若い女性が、爆風に顔を直撃され、両目を失明するという悲劇。

にもかかわらず、自然な笑顔と、柔らかな声での受け答え。

そして、

「私は、犯人を憎みません」

という言葉。

映像は、（部分的に切り取られたものも含めると）瞬《また》く間に一千万回再生を超え、テレビのワイドショーで取り上げられるまでになっていた。

「なら、夜間救急の入り口とかから外に出ようか？」

父親の恵吾が言った。

「さっき、看護師長さんから教えてもらったんだよ。昔、仮病で入院してた政治家のセンセイも使ったことがあるって」

「え？　それも何か嫌ですね。こっちは何一つ悪いことしてないんだから」

すぐに真奈美が反応した。

「でも、見せものみたいに扱われるのも嫌よねー。困ったわ」

母親の美代子が言う。

「綾乃さんはどう思う？」

須永は本人に尋ねてみた。

「私は表玄関から出たいかな。せっかく、真奈美が化粧もしてくれたし。あと、お天気も良いみたいだし」

綾乃がそう言うと、それ以上は誰も反対はしなかった。誰もがワイドショーに良いイメージを持っていなかったが、だからと言ってこちらが逃げるように振る舞うのも、考えてみれば変な話である。

「そうだな、こそこそする必要もないよな」

大きな独り言のように恵吾が言い、さらに「うん、うん」と何度かひとりでうなずいた。

退院手続きをつつがなく終え、綾乃は片手に新品の白杖を、他の四人はそれぞれバッグや紙袋を手に、病院の玄関に向かう。

「あ、どうせだったらテレビカメラに向かって『私たち、付き合っています♪』宣言とかしちゃえばどうですか？」

いきなり真奈美がそんなことを言ってきた。

「やっぱり、付き合っているのかい？」

恵吾が間抜けな質問をして、美代子に肘で止められた。

綾乃は、ずっと楽しそうに微笑んでいた。


母の美代子は、しばらく東京で綾乃と同居する決断をした。地元の飲食店では、週に四日、美代子の代わりにアルバイトを雇うという。

綾乃はまず、音声入力でのスマホ操作を覚えた。既存の機能だけで不便な部分は、須永が細かくカスタマイズをした。

　平日、仕事の合間にショート・メールを送り、夜はスカイプで雑談をした。週末は、彼女の家を訪ね、一緒に近所を散歩することが多かった。下町の、ごく平凡な商店街や、取り立てて特徴の無いマンションたちの間を、綾乃のペースに合わせてゆっくり歩く。十五分ほど東に歩き続けると、空が少しずつ広くなり、やがてオレンジ色の石畳が敷かれた川沿いの遊歩道に出る。川面《かわも》を渡る冷たい冬の風。しかし綾乃は、いつもここまで来ると、

「ひゃっふう！」

と楽しそうな声を上げ、両手を空に向かって突き上げた。

「今日は川上の方に歩いてみる？　それともまた川下に降《くだ》ってみる？」

　須永が尋ねると、

「須永さんにお任せ」

と言いながら、改めて綾乃は須永と手を繋ぎ直す。それが、毎週末の二人の恒例のやり取りになった。

「今すれ違ったのは、ジョギング中の女性だよ」

「前から、犬の散歩をしているおばちゃんが来るよ。犬、かなり大きいな。綾乃に興味あるみたいだよ」

「左側に、空いているベンチがあるよ。少し休む？　でも、今日はまだ寒いかな」

そんなことを、ずっと須永は話し続ける。


『失明した美女・印南綾乃さん、「犯人を憎まない」と笑顔でメッセージ！』


退院する綾乃の写真とともに、仰々《ぎようぎよう》しいタイトルを付けられたニュース記事。あの時、綾乃本人は、

「怪我をしたら『美女』に格上げになった」

と笑っていた。

記事の拡散のスピードは猛烈に速かったが、それが過去のものになるのもあっという間だった。一週間もしないうちに「失明美女」「印南綾乃」のどちらの単語も、ネットの検索ワードのランキングから消えた。

そして、新しい春がやってきた。


目の見えない綾乃に合わせて家の中の物が置き直され、彼女一人でもストレス無く動き回れるようになり、ネットの配送サービスなどもひとりで利用できるようになったところで、母の美代子は地方に帰った。須永は、リモートでも出来る仕事が多い日は、ノートパソコン持参で綾乃の

部屋に行くようになった。綾乃のデスクを借りて須永は仕事をし、綾乃は同じ部屋のソファに座って、ヘッドホンで音楽を聴いたり、オーディオ・ブックを聴いたり。

3月半ばのある日、唐突に綾乃が言った。

「須永さん。私、お花見に行きたい」

実は、須永は「お花見」というものをしたことが無かった。重度のワーカホリックで、暇な時間というものが無かったせいもあるし、元々、お酒をたくさん飲むタイプでも無かったし、人混みも酔っ払いも嫌いだったので、彼は「お花見」という行事と非常に遠いところにいる人間だったからだ。

「お花見、好きだったの？」

「全然」

「全然？」

「会社のみんなと行くのはまあまあ面倒くさかったし、ブルーシートに座るとかも好きじゃなかったし、お料理は女性チームがよろしくね、期待してるよー、みたいな押し付けも嫌だったし。でも……」

そこで綾乃はちょっとだけ微笑んだ。

「須永さんと行くのなら、楽しいかなって」

「そう？」

「須永さん、これまで『お花見』とかしてないでしょう？」

「うん、まあ。あれ？　そんな話、したことあったっけ」

「してないけど、見てたらわかる」

綾乃が「見る」という動詞を使ったことに須永はちょっとだけドキッとしたが、綾乃は全く気にしていないようだった。

「だから、良いかなって。お酒とか飲みたいわけじゃないの。ただ、満開の桜の下を二人で歩けたら、それだけで楽しいかなって」

「ＯＫ。じゃあ、今週末に行こう。どこが良いか、それまでに調べておくよ」

翌日、すぐに結論は出た。須永の秘書の倉田《くらた》という女性が、

「お花見デートの横綱は、桜坂です！」

と、強く断定したからだ。

「横綱なの？」

「横綱です！　私、福山雅治の大ファンなんで」

須永的には後半の情報はどうでも良かったが、その後、ネットで検索をすると、確かに桜散歩に良さそうな場所であった。

その週の金曜日の深夜、須永は近所の二十四時間営業のスーパーで鶏肉とネギと串を買った。鶏肉は部位ごとに一口サイズに、ネギもぶつ切りにする。串に刺し、塩とたれを付けて一度寝かせる。それから、ずっとしまいっ放しになっていた焼き鳥焼き器を、キッチンの棚の奥から取り出す。これを過去に使ったのはたったの一回だけ。その時も、一緒に食べたのは綾乃だった。しかしあの時は、こんな風に毎日のように綾乃と一緒にいる関係になるとは思っていなかった。彼女は健康で、両目とも見えていた。良くも悪くも、普通の女性に須永には見えた。

「私は、犯人を憎みません」

退院の時、取材に来たマスコミに対して、綾乃はYouTubeの映像の時と同じ言葉を言った。

「どうして、憎まないんですか？」

「なぜ、憎まずにいられるんですか？」

似たような質問がいくつも飛んできた。綾乃は、冬晴れの陽の光を感じたかったのか、太陽の方に顔を向けていた。窓越しの光ではなく、外気と共に直射日光を浴びることがとても幸せなようだった。

明け方、鶏を焼き始める。

モモ。ネギマ。皮。レバー。

くるくると串を回しながら、須永は考える。

くるくると、これまでのこと。

くるくると、これからのこと。

5

秋。

多摩川で男の他殺体が発見されてから一週間ほど後。

その日、長谷部可也子《はせべかやこ》はいつもより二時間早く起きた。枕の下で無音で震える携帯の目覚ましアプリを止め、そっと布団を出る。地域の早朝清掃ボランティアに参加するのだ。世田谷区役所・太子堂出張所前の広場に朝の六時集合。その前に、幼稚園に通う長女のための弁当を作り、家族全員分の朝食の準備もしなければならない。

夫の仕事の都合で、東京在住となってそろそろ半年。それまで可也子にとって東京とは、ディズニーランドに遊びに来る時に泊まる町というだけだった。友人も知人もいない。夫の仕事の関係者は可也子の友人にはカウント出来ない。それで、自分の交友関係を広げるため、月に一度の地域の清掃ボランティアに参加することにしたのだった。

玄関でスニーカーの紐を結んでいると、パジャマ姿の夫が起きて来た。上着のボタンが三つも外れていて、ズボンからは白いシャツがはみ出ている。

「これから?」

「うん、そう。七時半には帰って来るから、子供たちお願いね」

風の強い朝だった。寒さ除《よ》けの白いウインドブレーカーを羽織る。マンションに挟まれた路地から茶沢通りに。太陽はまだビルの陰にいた。

「可也ちゃん!」

広場に着くと、このボランティア活動で知り合った須藤遥《すどうはるか》が駆け寄ってきた。

「もう、朝は冷えるねえ。冬かと思たわ」

そう関西弁で言いながら、両手を顔の前で擦《こす》り合わせる。新潟出身の可也子はすぐに綺麗な標準語を話せるようになったが、東京に出てきて二十年という遥は、今も堂々と関西弁だ。

「今日はここなんやて」

言いながら、今日の清掃箇所を赤字で示した地図を可也子にも一枚くれる。

「うちらは今日は、商店街の終わりから太子堂五丁目やて」

清掃ボランティアは、二人一組。作業量は、一時間ほどだ。持参した軍手を嵌《は》めて、ゴミ袋とトングを受け取る。一方通行の路地を進み、太子堂中央商店街にぶつかったところで右に折れる。

「? あれ、警察ちゃう?」

遥が声を上げる。商店街の向こう端に制服警官が何人もいるのが可也子にも見えた。

「あ！　もしかして、昨日のコンビニ強盗、この辺やったんか！」

「え？　なに？　強盗？」

「いやいやわ。知らんの？　夕べ、世田谷でコンビニ強盗があったんよ。犯人はまだ逃走中やて」

「ほんとに⁉　だったらゴミなんて拾ってる場合じゃないよね」

と、遥は笑みを浮かべながら反論してきた。

「なんで？」

「え？」

「警察は昨日からずっとこの辺捜索しとんのやで？　どう考えても、犯人がここらをウロウロしてるわけあるかいな。ある意味、ここが今一番安全や」

あまり説得力の無い意見だなと思いつつ、可也子はそれには反論しなかった。それよりも、彼女は子供の弁当のことを考える。

「犯人捕まってないんなら、幼稚園とか小学校とかは休みになるのかな？」

学校が休みなら、自分の予定をいろいろと組み直さなければならない。

「休み？　なるかいな！」

遥は、呆れたように大声を出した。

「実は二年前にも真っ昼間にコンビニ強盗があったんやけど、学校からはなーんも指示なんてなかったで？　ま、今どきはそこはほら、個人の判断でよろしゅう、なんやないの？」

遥には、小学校一年生と三年生と、ふたりの息子がいる。

「そんな程度のもの？　私の田舎だったら絶対に大騒ぎになるのに」

「東京はシラーっとしてる感じやで？　それに、学校を勝手に休みにすると、フルタイムで共働きの家庭からクレームも入るやろし」

「そうなんだ」

それでいったん、その話題は終わった。いずれにせよ、今日の清掃はさっさと終わらせて家に帰るべきだろう。可也子は、いつもより二割増しの速度でゴミを拾っていく。五百メートルほどの道を、可也子は右、遥は左のゴミを拾い続け、そろそろ今月の清掃は完了しようかという時、

「あ、これ見て！　これ、うちの旦那が欲しがってる車やわ」

言いながら、遥が可也子を手招きした。

車四台分の、やや狭めのコイン・パーキング。その真ん中に、つるんと小さくて丸い、黒いスポーツカーが止まっている。

「あり得なくない？　これ、後ろ、荷物置き程度のスペースしかないんやで？　うちら四人家族やっちゅうねん。そしたら旦那、子供たちなら全然乗れるし、屋根が開く車は子供たちも大喜びだぜって、アホか！　子供はずっと小さいままか！　あいつらどんどん大きくなるねんで！」

（知らんがな）

そう、心の中で可也子はエセ関西弁を呟く。それより、その車の後ろの地面に汚れたコンビニ袋が捨てられているのが可也子には気になった。どうせ、中身はゴミだろう。この車の持ち主のポイ捨てだろうか。遥が車の中ばかり覗き込んでいるので、そのコンビニ袋は可也子がトングで持ち上げた。と、袋の口がきちんと結ばれておらず、中からゴロンと拳大の大きさのものが転がり落ちた。

「?」

一瞬、可也子は意味がわからなかった。

それは、本当に、拳だった。

黒いスポーツ・ウォッチを嵌めた人間の左手だった。

6

花見から帰る車の中で、須永は綾乃にプロポーズをした。

綾乃は最初、

「へえ」

と小さく呟いただけだった。彼女がそのまま何も言わないので、須永はやがて、

「『へぇ』っていうのは、ちょっとひどくない？」

と抗議した。

「あ、ごめん。ちょっとびっくりして」

と綾乃。

「びっくりした時は『え？』でしょ。『え？』と『へぇ』はだいぶイメージが違うんだけど」

更に抗議する須永。と、綾乃はクスクスと小さく笑った。それから急に、

「あのさ。じゃあ、これから私に来るメールだとかＳＮＳのＤＭだとか、そういうのは全部、須永さんに先に目を通してもらっても良いかな？」

と訊いてきた。

「え？　どういうこと？」

「だからね。今は、須永さんがカスタマイズしてくれた音声読み上げアプリでメールとかＬＩＮＥとかの確認してるんだけど、あ、もちろん、あれはすごく便利で助かってるんだけど、でも、あれって営業メールみたいなのも全部読み上げてくれるから、一通りチェックするだけでまあまあ時間かかるの。須永さんが先にサクサクッて仕分けしてくれて、これだけは自分で読んでおいた方が良いよ、こっちはそのまま捨てとくね、みたいな感じにしてくれたらすっごく嬉しいなって」

「でも、それだと、綾乃さんと友達との会話を全部俺も読むことになるよ？」

「うん、そう。嫌？」

「や、俺は嫌じゃないけど、綾乃さんは本当にそれで良いの？」

「私ね、結婚するなら、何一つ秘密を作りたくないの。須永さんには秘密があっても良いけど、私から須永さんには、何も秘密は作りたくないの。理由はうまく言えないけど、でも、そういう気持ちなの」

「……」

それから、綾乃はドリンク・ホルダーに手を伸ばし、ペットボトルからお茶を一口飲んだ。須永も同じように、自分側にあるドリンク・ホルダーからミネラル・ウォーターを一口飲んだ。

「須永さん。私のこと、本当に重くない？」

綾乃が訊いてきた。

「重くない」

須永は即答した。そして、左手をそっと綾乃の右手の上に重ねた。

「俺と、結婚してほしい」

数分前に言ったのと同じ言葉を、須永はもう一度、言った。綾乃はちょっと笑うと、また、

「へえ」

と言った。

「もう一回『へえ』って言ったら、俺、怒るよ」

「ごめん、ごめん。言い直す」

そして、綾乃は須永に返事をした。

「はい。あなたの妻になります」

7

世田志乃夫は、列車に乗っていた。

日本ではない。スペインである。スペイン国鉄近郊線のセルカニアス。車窓から入る朝日が、通勤客たちを白く照らしている。目をただ閉じて吊革につかまっている人。イヤホンで何かを聴いている人。スマホの画面をスクロールしている人。自分の体の半分近くもある巨大なテディベアを抱えた初老の男性もいた。と、スーツ姿の若い男性が、そのテディベアを抱えている初老の男の肩をポンポンと叩いた。

「ペドロさん、おはようございます」

スペイン語である。だが、世田にはなぜか、言葉の意味がすんなり頭に入ってきた。

「こりゃ、随分大きなクマですね」

「おお、ラファエル、おはよう。朝の列車に乗るのは久しぶりだったんだが、やはりこの時間帯は避けるべきだったかな。今日みたいに大荷物の時は」

「ちなみに、今日はどちらへ?」

「うん。実はアウラがね、彼女そっくりな女の子を産んだもんでね」

「初孫ちゃん! それはめでたい!」

初老の男が、はにかんだような笑みを見せる。列車はアトーチャ駅に止まろうと減速を始めている。ちなみに、アトーチャ駅は、スペインの新幹線が乗り入れているマドリードの中心的な駅である。世田も、降車するため棚から自分のバッグを下ろした。

と、その時だった。

「たとえば、2004年の3月11日」

誰かが、世田の耳元で、そう囁いた。

女の声。世田が知っている女の声だった。

次の瞬間、列車は爆発した。

世田は、バッグを抱えたまま、窓ガラスを突き破って列車の外に。回転する。回転する。回転する。すぐ横では、巨大なテディベアが同じように回転していた。意識を失う直前、少しだけ、世田はそのぬいぐるみと目が合った気がした。


気がつくと、世田はカフェの窓辺に座っていた。

メニューを見る。「LeopoldCafe」と店名が入っている。辺りを見回す。天井から垂れ下がるガラスのシーリングライト。所狭しと飾られているカラフルなリトグラフやポスター。

「ね？　来て良かったでしょう？」

隣のテーブルには、ゴージャスな雰囲気の白人カップルが座っていた。金髪の巻き髪を揺らしながら女性が微笑むと、

「ああ、そうだな。確かに、タージマハルは圧巻だった」

と、隣の男性は静かにうなずいた。よく見ると、ふたりはどちらも左の指に、揃いのリングをつけていた。

「でしょう？　じゃあ、賭けは私の勝ちってことで、ムンバイ最後の夜に乾杯しましょう♪　あら、私のグラス、もう空だわ」

「次は何にしようか……俺は、次もビールがいいな。マハラジャか、ヘイワーズか……」

と、男は急に世田を見た。

「こんばんは。いい夜ですね」

男が微笑む。

「こんばんは」

世田は、やや緊張しつつ返事をした。既に嫌な予感がしていたからだ。男はしかし、世田の硬い表情に全然気付かぬまま、

「このお店のおススメのビールって、知ってます？　ちなみに、あなたの飲んでいるビールは何ですか？　それ、美味しいですか？」

などと楽しそうに会話を続けてきた。

世田は、ひとりでビールを飲んでいた。瓶のラベルを見る。

「キング・フィッシャー」

「キング・フィッシャー？　それって、西部開拓時代の荒くれガンマンのことよね！」

女性が華やいだ声をだした。

「ガンマン！　良いね！　じゃあ次はぼくらもそれを」

と、その時だった。

「たとえば、２００８年の11月26日。インド、ムンバイ」

誰かが、世田の耳元で、そう囁いた。

女の声。またしても、世田が知っている女の声だった。

次の瞬間、店のドアが乱暴に開けられ、銃を手にした男たちが雪崩《なだ》れ込んできた。入るなり、無言で始まる乱射。乱射。乱射。世田は、とっさにテーブルの下に隠れた。と、乱射で頭を撃たれた白人のカップルが、ドスンと世田の目の前の床に倒れてきた。男はこめかみを、女は額の真ん中を撃たれていた。ふたりと一瞬、目が合った気がしたが、次の瞬間、世田の視界も真っ赤になり、そして真っ暗になった。

(これは、夢だ)

そう心の中で呟く。

夢だ。だが、現実でもある。それは、認めざるを得ない。


「たとえば、2005年7月7日。ロンドン」

女が、世田の耳元で囁く。

「たとえば、2016年12月の渋谷」

女が、世田の耳元で囁く。

「そして、2019年8月の、東京ドーム」


フッと、世田は目を開く。墨田区錦糸町にほど近いマンションの一室で。11月の初旬。時刻は朝の四時五十分。まだ朝日は昇っていない。でも、もう一度目を閉じても二度寝が出来ないことを世田は知っていた。冷たい水で顔を洗い、髭を剃り、特に意味もなくテレビを付ける。ちょうど、朝イチの情報番組が始まっていた。昨日のニュースのまとめ、トップ5《ファイブ》。政治家の汚職疑惑。人気タレントのパワハラ疑惑。動物園で可愛い白虎の子供が生まれたというニュース。高速道路での玉突き交通事故。そして、殺人事件。それらが、多少声色を変えているとはいえ、基本的には同じようなテンションで紹介されていく。「最近、殺人事件が多いですよね」「怖いですね」……テレビを消す。もう、着替えて出勤してしまおうか。そんなことを考える。そして、以前に、早朝五時に出勤したら天羽史が先に来ていた日のことを思い出す。夢からここまでが、いつもワン・セットになっている。

「ちょっと世田さん。朝、早過ぎじゃないっすか？」

コンビニのおにぎりを片手に目を瞬《しばたた》かせていた天羽。

「天羽もな。徹夜で捜査か？」

「んなわけないでしょ。昨日は、両国の温浴施設に泊まったんです。岩盤浴とか温泉とかあるとこ。で、隣のリクライニングで寝ていたお姉さんのいびきで早朝に起こされて、こりゃたまらんと避難して、で、今ここって感じです。暇つぶしに、ゲソ痕の写真、見てました」

軽口は多いが、仕事熱心な刑事だった。そして、世田の私生活に、実におせっかいな相棒だった。

「ところで、甥《おい》っ子《こ》くんとはどんな感じですか？　昼間、ずっと一人で留守番ですか？　今朝は、甥っ子くんとは喋りました？　は？　メモも残していない？　じゃあ、今すぐＬＩＮＥ！　ＬＩＮＥしましょう！　起きたらいきなり一人ぼっちとか、マジでメンタルキツいですから。はい、ＬＩＮＥして！」

あの日はその後、古谷《ふるや》課長代理も早朝出勤してきて、なぜか二人は朝のラーメンについて盛り上がっていた。

「食生活の充実は、イコール人生の充実でもありますからね」

そんなことを、天羽は目をキラキラさせながら言っていた。


「クソッ!」


大きな声が出た。そして、この大きな「クソッ!」までがワン・セットだったと、世田は自分の中の認識を修正した。

天羽が失踪してから百日以上。世田は既に、天羽の食生活に大きな期待はしていなかった。ただせめて、何かを食べることはしていて欲しいと思っていた。どこかの山奥や海底で白骨になっているとは思いたくなかった。


手早く着替え、殺風景な自宅を出る。

二十四時間営業している牛丼屋で朝定食を食べ、本所南署の四階にある刑事課に出勤する。

一番上の引き出しから、分厚いファイルを取り出し、デスクの上に広げる。世田は常に一日を、天羽史失踪事件と、その後に起きた東京ドームの事件をまとめたファイルを読み直すことから始めている。内容はもうほぼ暗記しているようなものだが、それでも何か見落としていることはあるかもしれないのだ。

・人気アニメ『ツリー・ブランチ』のイベント。
・事件の鍵は、VRとARのハイブリッドモニター。
・主人公の監原《かんばら》ベルトが作品内で着用している監原グラスと、ヒロインのマカのサングラスが、イベントの目玉グッズとして来場したファンたちに配られた。だが、ロードされるべき映像データは、主催側が用意したものとは別のものに差し替えられていた。
・会場に響く、アイコの声。「私たちは実行することが出来る。それを忘れないで」
・ドームの前にいた少年。彼は世田に苦言を呈した。「おじさん、家族って言葉を簡単に使い過ぎじゃない?」
・再生された爆発音。
・引き起こされた群衆パニック。
・多くの人間が将棋倒しに転倒し、数十人の重傷者が出た。
・オーロラ・ビジョンに、爆破シミュレーション・アプリ「アイコ」。
・そして、リボン・ビジョンにメッセージ。
・D is the key　Dこそが重要だ

それがほぼ百日前。あいつらは、自分たちの犯行であることを隠すつもりが無い。それどころか、あれはまるで何かの宣伝、あるいはデモンストレーションのようだった。

物証は多数ある。それらの写真や報告書を読み返しているうちに、朝の六時になり、朝の七時になり、朝の七時十五分になった。数人の若手刑事たちが出勤してきた。その中には、樋口孝則《ひぐちたかのり》という巡査部長もいた。

「おはようございます、世田さん。今日も早いですね」

そう、ハキハキとした口調で挨拶をしてくる樋口。刑事に昇格して三年目の若手刑事で、今は天羽の代理として世田とコンビを組んでいる。正式な相棒ではなく「一時的な代理」という言葉に世田はこだわった。本当の相棒は、今も、天羽史なのだと。

と、刑事課の外線電話が鳴った。世田は、「電話は若手が取れ」というようなタイプではなかったので、樋口より先にその電話を取った。電話は、通信指令室からだった。

「事件です。現場は墨田区錦糸四丁目の錦糸公園。女性が倒れていると通報がありました」

「錦糸公園？」

「はい、錦糸公園の中にある子供用広場のベンチ裏です。現場《げんじょう》した太平四丁目交番の警官により、既に死亡が確認されています。他殺の可能性が極めて高いとのことです」

錦糸公園。しかも子供用広場のベンチ。世田の胸がざわついた。その場所は、かつて、南高輪小学校の教諭・秋山玲子《あきやまれいこ》が殺害された場所だった。天羽史の失踪と、東京ドームでのあの事件へと繋がる、その始まりとも言える事件だった。

「了解した。すぐに現場に向かう」

そう言って世田が電話を切る。

「樋口。コロシだ。すぐに出るぞ。車、回してくれ。俺は、古谷課長代理に一報を入れておく」

「はい！」

と、刑事課の外線電話がまた鳴った。別の山田《やまだ》という若手刑事がサッとそれを取った。今の事件の続報である可能性を考え、世田は耳をそばだてた。

「少々お待ちください」

山田はそう言って受話器に手を当て、

「江東警察署の安藤《あんどう》さんという方から、世田さんにお電話です」

と言った。

「安藤？　俺に？」

「はい。そうです」

安藤という名前の警官に心当たりは無かったが、もちろん電話を代わった。

「もしもし。世田ですが」

「初めまして、江東警察署の安藤と申します」

電話の向こうにいたのは、女性だった。

「突然で恐縮ですが、世田刑事に、ひとり、身元の確認をしていただきたく」

「え？　私が、ですか？」

女性の口調は静かだったが、それでも世田は、不穏な予感に心臓と胃がギュッと縮まるのを感じた。世田には今、家族はいない。妻とは二度目の離婚をしたし、子供は元々いない。両親は既に他界している。わざわざ世田に最初に身元確認の連絡が来る相手を、彼はひとりしか予想出来なかった。

「今すぐ、ですか？」

最も訊きたいこととは違う質問を、世田は最初にした。

(現実逃避の一種だな)

と心の中で思う。

「はい。出来ましたら、今すぐ」

安藤が答える。世田は了解した旨を相手に伝え、住所をメモして電話を切った。そして、様子を見ていた山田という刑事に言った。

「コロシの現場、君が樋口と一緒に行ってくれ。俺は別件が出来た」

「別件、ですか？」

刑事が、殺人事件よりも優先する別件など通常は無い。山田の表情も硬くなった。

「連絡は細かく入れてくれ。こっちも、用が終わり次第、そっちに合流する」

☆

その日の朝、東京警視庁の管轄で三人の被害者が発見された。

一人目は明確に死んでおり、二人目も明確に死んでいたが、三人目は一見しただけでは生きているのか死んでいるのか判別が付かなかった。

錦糸公園の子供用広場で女性の死体が見つかる、その少し前。江東警察署の刑事・西田帆波《にしだほなみ》は、北砂一丁目の自宅で眠っていた。と、ドンドンドンドンと四つ打ちの低音が突如鳴り始めた。刑事課からの電話の時にだけ鳴るように西田が設定したコール音。ちなみに、このイントロの低音は、アコースティック・ギターの共鳴胴の部分に、イサクが右手の掌を打ち付けて出している。あと二小節待てば煌《きら》びやかなアルペジオとイサク本人のセクシーな歌声が聴けるのだが、その前に西田は電話に出た。

「西田です」

「東京ベイ・マリーナで、変死体が発見されたって。安藤さんをピックアップしてから現地によろ」

「西田、了解しました！　安藤刑事をピックアップしてから、現場に急行します」

パジャマ代わりのスエットの上下を脱ぎ捨て、薄い青のストライプのワイシャツと、動きやすいストレッチ生地のスラックスを穿く。足元は、ややくたびれた白いスニーカー。ノーメイクのまま部屋を飛び出す。こうした緊急の出動に備えて、西田は警察署から徒歩で五分のワンルーム・マンションを借りていた。北寄りの風を顔面で受けながら、その距離を二分半で走り抜ける。西田は体育会系の出身だ。走ることは全く苦にならない。パトカーに飛び乗って明治通りに。右折してスピードを上げつつ葛西橋通りに。永代二丁目の交差点でまた右折し、橋を越えたらすぐに左折。センターラインの引かれた対面通行の路地をしばらく走ると、灰色にくすんだ小さな戸建ての家が見えてくる。安藤が賃借中の一軒家だ。玄関前には、既に本人が立っていた。目の前に車を付けると、安藤は右手で助手席のドアを開けた。

「お待たせして申し訳ありません！」

やや大きすぎる声で西田は言う。

「全然待ってないわよ。それより、私が運転できないから、いつも西田ばかりに頼ってしまってごめんなさいね」

「ごめんなさいだなんて！　自分は、その、安藤さんのお迎え係が出来るだけで、本当に光栄です！」

西田は、安藤と話すとき、いつも声が上ずりそうになる。

西田が警察に就職するより前。まだ、安藤が独身で旧姓だった頃、彼女は捜査中に左肩を撃たれた。腕神経叢《わんしんけいそう》損傷による運動麻痺と感覚障害。リハビリを続けている今も、左腕は極めて緩慢にしか動かない。なので、安全のため、安藤は車の運転をしない。

「では、現場に向かいます」

西田は、安藤がシートベルトを締めるのを確認してから、アクセルを踏み込んだ。南砂町駅前の交差点を右折し、南砂の緑地帯を左に見ながら進む。大型物流センターを越え、曲がるたびにじわじわと狭くなる道をしばらく進むと、やがて目的地である東京ベイ・マリーナが現れる。アルファベットのロゴの入った灰色の石柱。その間を徐行しながら敷地に入る。総ガラス張りのクラブハウス。石段のところに、マリーナの職員らしき男性が、心細そうに立っているのが見えた。

☆

樋口は、足早に本所南署の通用門から建物裏の駐車場に移動。そして、すぐに出動できるよう、パトカーを警察車両出口に回す。風の強い朝だった。署の近くの銀杏の葉が、風に煽られていくつも舞っている。他の刑事たちが出動していく。鑑識班の乗ったミニバンも出動していく。樋口は、両手の指の関節をポキポキと鳴らしながら世田を待った。指の関節を鳴らすのは、緊張をほぐしたい時に行う彼の癖だった。

と、山田巡査部長が走ってきて、助手席に乗り込んだ。

「世田さんは、別件が入ったらしい」

質問される前に山田が言う。

「別件、ですか？」

「車を出せ。今日は、世田さんの代わりに俺がおまえの相棒だ」

「……わかりました」

パトランプを付けて、アクセルを踏む。すぐに四ツ目通りに出る。現場の錦糸公園は署からは一キロ程度。カーナビの助けは必要無い。

「で、別件って、何ですか？」

運転しながら樋口は尋ねる。

「知らん。江東警察署の刑事から世田さんに連絡が入ったんだ」

「江東警察署？　何の件でですか？」

「だから、知らん」

山田は不機嫌そうに答えながら、自分の胸ポケットにゴソゴソと手を入れ、煙草とライターを取り出した。

「あれ？　煙草、やめたんじゃなかったですか？」

「やめたよ」

「じゃあ、何で持ってるんですか、煙草」

「これはお守りなんだよ。箱の中には、一本だけ。この一本を見るたびに『あー、俺は今日もこれを吸わなかった。俺って意思の力強いな。やるな俺』って、自分を褒めるための小道具なんだ」

言いながら山田は、その最後の一本を箱から抜き取ると、口に咥《くわ》えて火を付けた。

「吸ってるじゃないですか！　つか、うちのパトカーは禁煙ですよ？」

抗議する樋口の言葉を無視して、山田は肺の奥深くまで煙を吸い込み、そして、ため息をつくように、ゆっくりとそれを吐いた。

「おまえ、鈍いやつだな」

「はい？」

「世田さんは、コロシの現場より江東署からの別件を優先したんだぞ？　おまえは、何も感じないのか？」

「え……」

強行犯係に所属する刑事にとって、普通、殺人事件の初動捜査より優先するものは無い。現場の手がかりは刻一刻と失われていく。何を差し置いても駆けつけるのが刑事の性《さが》だ。しかし、今、世田は別件を優先した。

「まさか……見つかったんですか？」

「知らんよ。ただ、そうなら良いよな……」

山田は不機嫌そうに言うと、また煙草を深く吸った。「良いよな……」という言葉と、その口調が全然合っていなかった。しかし、その気持ちは、新米の樋口にもわかる気がした。それは、おそらく本所南署員全員が思っていることだ。

（見つかっては欲しい）

（生きているなら）

（だが……）

それ以上の会話をする前に、錦糸公園が見えてきた。公園の敷地と歩道を隔てている進入防止杭の前にパトカーを停める。隣接するショッピング・モールは開店前で、店舗前の空き地に人の姿はなかった。山田は大股で、樋口は小走りに近い早足で歩く。すぐに木々の隙間から、赤や青の遊具がチラチラと見えてきた。ちびっこ広場。ちょうど、制服警官たちの手で黄色い規制線が張られ始めている時だった。左手にテニスコート。その奥に墨田区総合体育館。広場の先にある噴水は、まだ稼働前で物寂しい雰囲気だ。

「あの時も、これくらいの時間だったよな、確か」

山田が言う。

「そうでしたね」

山田が言っているのは、三ヶ月前にこの公園であった殺人事件のことだ。小学校の女性教諭が、ここで、ナイフで喉を切られて死んだ。樋口も山田も、早朝からその現場に駆け付けた捜査員の一員だった。

「クソッ。信じられねえな。場所まで全く同じらしいぞ」

山田が言う。

「そうみたいですね」

樋口も、首筋にゾクリと得体の知れない恐怖を感じる。

張られたての規制線をくぐり、現場に入る。遺体には、まだ何も掛けられていない。先着した鑑識班が、慌ただしく動き回っている。制服警官が、えんじ色のランニングウェア姿の男性と、ミニチュア・ダックスフンドを抱っこした老婦人をふたりのところに連れてきた。死体の第一発見者と、110番通報者とのことだった。山田がすぐに彼らからの聞き取りを始める。樋口は、手帳にその内容をメモしながら、もう一度、遠目に事件の被害者を見た。

女だった。

若い女。

驚いたように目を見開き、そのまま仰向けに倒れている。

死んでいる。

明確に、死んでいる。

三ヶ月前にこの公園で殺された女性教諭は二十九歳だったが、今回の被害者もそのくらいの年齢に見えた。喉から大量の出血があったことが一目でわかる。背後から切られたのだろう。

三ヶ月前の事件と同じように。

ナイフで。

8

5月の下旬。早朝の四時四十五分。

須永は、恵比寿のオフィスの机に座っていた。新しいアプリの開発が大詰めで、もう三日、自宅には帰れずにいた。椅子の背に寄りかかって伸びをし、コーヒーを淹《い》れようとキッチンへ行く。小窓に下がっているブラインド・カーテンの隙間からの朝日が、白いリノリウムの床にオレンジ色の横縞を作っていた。エスプレッソ・メーカーから豆の砕ける音。コポコポとした小さな音と蒸気。白い陶磁器のマグに黒褐色のコーヒーが溜まって行く。

と、ポケットの中のスマホがホロホロと鳴った。綾乃のSNSアカウントに来るDMの通知音。自分宛のものと区別できるよう、須永は違う通知音を設定していた。

立ったままコーヒーを啜《すす》りながら、内容を見る。

差出人は『Yzak』。イサクと読む。タイトルは『Invitation（ご招待）』。

イサクの名前は、芸能情報に疎《うと》い須永も知っていた。若者たちに、カリスマのように崇められている若きシンガー・ソング・ライター。アコースティック・ギターと、Looper というエフェクター。そして、自分の歌声。それだけで、世界のどの国でも、ひとりでドームを満員に出来るようなビッグ・ネームのミュージシャンだ。

メールは英文と、自動翻訳アプリを使用したであろう少したどたどしい日本語文が併記されていた。

『親愛なるアヤノへ』。

まず、突然のDMを送ることへの謝罪の言葉。

綾乃が渋谷の爆弾テロ事件に巻き込まれたことへの見舞いの言葉。あのテロは、イサクの母国・フランスでも大きな話題となったこと。『私は犯人を憎まない』という綾乃のメッセージを知り感動したこと。そして最後に、

「あなたはきっと、このDMをイタズラかもと疑うでしょう。なので、短いビデオメッセージを添付します」

と書かれていた。

須永は、デスクに戻り、そのDMをデスクトップのパソコンで開き直した。

もう一度、英文と日本語文を読む。

「あなたはきっと、このDMをイタズラかもと疑うでしょう。なので、短いビデオメッセージを添付します」

須永は、いつもは見知らぬ差出人からの添付ファイルを開かない。どんなウイルスが混入されているかわからないからだ。だが、須永のパソコンのセキュリティ・ソフトは、この添付ファイルを安全だと通知してきていた。外付けのSSDにファイルをダウンロードし、オフライン状態の予備のノートパソコンでもう一度開き直す。最悪、凶悪なウイルス・ファイルだったとしても、このやり方なら古いノートパソコンを一台捨てるだけで済む。

ごく普通のmp4ファイル。ダブルクリックでQuickTime Playerが起動する。と、手振れで安定しない夜景の映像が現れた。橋の上だろうか。揺れる川面。遠くに、東京タワーに似た三角の塔がライトアップされているのが見える。と、グルンと画面が回って、太めの黒縁メガネに、デニムのキャップを被った男が映像の真ん中に現れた。

「ごめんごめん。自分で自分を撮ることに慣れていなくて」

おそらくはそんなようなことをフランス語で言いながら、男は精一杯自分の腕を伸ばして画面を調整する。それから改めて、

「ボンジュール！　アヤノ！」

と言って、左手でキャップを持ち上げ、白い歯を見せた。キャップの下では、明るいブロンド

の髪が寝癖のようにクシャクシャしていた。

イサクだ。本物のイサクのように須永には見えた。

「去年のクリスマス、ワタシも悲しかった。でも、その後のアヤノのメッセージ、サイコーでした。ワタシは、アヤノからもらいました。うつくしくて、ツヨい、サムシング・エルスを」

イサクは、時々事前に準備をしたメモを見ながら、カタコトの日本語で言った。

「ワタシは、今年の夏と冬、日本に行きます。そして、アヤノを、私のフェスに、ごショウタイします」

近くを通ったカップルの男性の方が、イサクを見つつ連れの女性に耳打ちをした。女性は、イサクに気づくと黄色い歓声を上げ、それから慌てて両手で口を押さえた。もちろんそれは手遅れで、彼に注目する人の数は一気に増える。彼の周囲にどんどん人が集まってくる。彼は周囲に笑顔で人差し指を自分の口に当て、

(もう少しだけ静かにお願い)

とジェスチャーで周囲に伝えた。そしてまたカメラに向き直ると、

「では、クワシクは日本で!　パリからオミヤゲ、持って行きますヨ」

と言ってウインクし、そこで映像は切れた。

三十秒くらいの短いビデオメッセージだった。ウイルスは混入されていなかった。何度かそれを見直し、次に須永はイサクのSNSを検索した。彼のInstagramはすぐに見つかった。フォロ

ワー数は五千万人超。投稿を遡ると、昨年の渋谷ハチ公前テロ翌日に、彼は黒一色の無言の投稿をしていた。

やはり、本物だろうか。

本当に、あの、イサクだろうか。

須永は用心深い性格だった。どんなに本物らしく見えても、映像は所詮、映像である。CGを駆使したディープフェイクの可能性はある。須永はコーヒーを飲み干すと、会社で常時飛ばしている来客用のWi-Fiにノートパソコンを繋いだ。そして、用件だけの簡潔な文章を、自分の個人アドレスから彼に返信した。

「私はモトキ・スナガ。アヤノ・インナミの婚約者です。アヤノは目が見えないので、メールは私がまず代読をしています。あなたがアヤノを何に招待したいのか、詳しい話を先に聞かせていただきたい。それによって、あなたが本物のイサクかどうかを私は判断します」

そして、須永は自分の仕事に戻った。午前十時までが、プログラマーとしての彼のゴールデン・タイムだった。オフィスでひとり、彼は集中して仕事をする。九時過ぎから何度か会社の電話が鳴ったが、須永は出なかった。会社の公式な営業時間は、午前十時から午後六時までだからだ。十時五分前に、秘書の倉田恭子《きようこ》が出勤してきた。ちょうどまた、会社の外線電話が鳴った。まだ五分前だったが、彼女はその電話に出た。

「社長、お電話です。東京サンセット・プロモーション？　って、ところから」

聞き覚えの無い社名だったが、出ることにした。ゴールデン・タイムは終わったのだ。

「須永ですが」

電話の向こうから、テレビ・ショッピングの司会者のような、過剰に明るくハキハキした男の声がした。

「突然お電話を差し上げまして恐縮です。私、東京サンセット・プロモーションという会社で海外アーティストの招聘《しょうへい》業務を担当しております、岩崎《いわさき》と申します。このたびは、ミスタ・イサクからのDMにご返信をいただき、誠にありがとうございました」

「！」

まさか、こんなにも迅速にリアクションが来るとは須永は思っていなかった。

「それでですね。実は今、ミスタ・イサクの発案で、次のクリスマスに、日本で大規模な音楽フェスを開催しようという企画が進んでおりまして」

「クリスマス、ということは、あれですか？」

「はい。渋谷のハチ公前テロ事件の被害に遭われた皆様への追悼の意味も込めまして、暴力やテロ、戦争などを原因とする『憎しみの連鎖を断ち切ろう』という趣旨のですね、愛と平和のための音楽フェスという企画でして、はい。で、その件につきまして、実は、印南綾乃さんにご相談したい件がございまして」

「ご相談？　メールのタイトルは『ご招待』でしたが」

「あ、はい。ご招待です。ご招待でもあるのですが、それにプラスして、少しご相談したい件もございまして」

それから岩崎は一度咳払いをすると、

「これはまだオフレコでお願いしたいのですが、あ、でも後ほど企画書はお送りしますが、実はミスタ・イサクとその友人たちが、そのクリスマスの音楽フェスで平和のための新曲を発表するのですが……」

と長い前置きをしてから言った。

「ミスタ・イサクは、その歌を、印南綾乃さんに捧げたいとおっしゃっています」

9

「命は、等しく尊い」

というのは、ただの綺麗事である。

命には、軽重がある。

須永基樹にとって特別な命は、ずっと、母の尚江《ひさえ》だけだった。

須永が十歳の時、父は、妻と息子を捨てて姿を消した。尚江はそれから、女手一つで須永を育てた。親類縁者は誰も援助をしてくれなかった。偏見と貧困。家族を捨てた男よりも、捨てられた女を陰で嘲《あざけ》る理不尽。それでも尚江は、日々、笑顔を絶やさず働き、そして、須永の教育費だけは出し惜しみすることが無かった。

その頃、須永にとって世界とは、尚江と、尚江以外の他人という認識だった。

「赤の他人の命など知ったことか」

と常々思っていた。

(おそらく、自分は冷酷な人間なのだろう)

だが、それを悪いとは思っていなかった。そういう性格を変えようと考えたこともなかった。

やがて、もうひとり、特別な存在が現れた。

印南綾乃。

須永は、自分が女性にプロポーズする日が来たことに驚いていた。いつ、なぜ、彼女が特別な存在になったのか、須永は自分でもよくわからずにいた。だが、事実として、なってしまったのだ。それを彼は、素直に受け入れることにした。綾乃と花見に出かけた場所の近くに条件の良い戸建てを見つけ、すぐに手付けのお金を支払った。大田区の西嶺町。緩やかな坂道を上った先にある百坪の敷地。クロマツやケヤキ、シイの木などの樹木の奥に、趣《おもむき》のある平屋の日本家屋。上品な老婦人が夫と死別後もずっとひとりで暮らしていたが、いよいよ卒寿ということもあり、この家を売ってグレードの高い高齢者用施設に入居することにしたのだそうだ。

綾乃とふたりで、日々、その家のリノベーションのアイデアを出し合う。

元々の家の良さは残しつつ、でも、綾乃が安全に暮らせることを最優先に。そして、須永自身も落ち着いて家でも仕事が出来るように。バリアフリーは大前提。床材は滑りにくいものに。空間を把握しやすいように壁の配置も再設計しよう。綾乃の転倒や衝突を防ぐために、要所要所に音声入出力機能を搭載したwebカメラを設置しよう。物の移動などがあった場合には、綾乃が近づくとそれを音声で知らせるのはどうだろうか。そういうプログラムを、須永は自分で書いてみることにした。

彼女の家で、あるいはドライブの車の中で。あるいは、夜遅くまでやっている近所のファミリーレストランでドリンクバーを頼みながら、ふたりは延々と話す。新しい家と、そこで始まる新しい生活について。

ある日、綾乃がホットココアの入ったマグカップを両手で持ちながら、しみじみとした口調で言った。

「須永さん、変わったよね」

「え？　そう？」

「うん。最初会った時とは、別人みたいだよ？　最初は須永さん、すごく冷たーい印象だったもん」

（そうだろうな）と自分でも思う。なので反論はしない。その代わり、

「綾乃さんも、もうすぐ『須永さん』なんだよ？　だから、俺のことはそろそろ名前で呼ぼうよ」

と、リクエストをした。

「そうだね。じゃあ、基樹！」

「おっと。いきなり、呼び捨てか！」

「そうだよ。呼び捨てだよ。その方が、断然呼びやすいもん。だから、基樹も今日から私にさん付けはだめだからね。わかった？　わかったらちゃんと返事してね、基樹！」

そう言って綾乃は笑った。須永も笑った。須永も、綾乃の意見に大賛成だった。


特別な命はふたつだけ。

これ以上は要らない。

高梨真奈美は、須永にとっても大事な友人になっていたし、尚江の再婚相手である三輪貞夫《みわさだお》にも、母を幸せにしてくれて須永はいつも感謝をしている。秘書の倉田にはいつも大いに世話になっている。だが彼らは「特別」とまでは言えない。須永にとっての特別は、尚江と綾乃だけ。そしていつか、綾乃との間に子供が出来たら、その子がきっと「特別」の「三人目」になるだろう。

そう須永は思っていた。

だが、それは間違いだった。

三人目は、我が子よりも先に、意外なところから現れた。

三人目は、確かに特別ではあったが、それは極めてネガティブな意味での「特別」だった。

須永は、生まれて初めて、殺意というものを自覚した。明確な殺意だ。激情に任せて「殺してやる！」と叫ぶのとは全く違う、冷たく、透明で、明確で、揺るぎない殺意。

それは、渋谷ハチ公前のテロ事件から一年後の、クリスマスの夜から始まった。

D is the key

Dこそが重要だ

第二章

1

少女は、母親の遺骨を抱えて家に帰って来た。

焼き肉屋とホームセンターに挟まれた、間口の狭い木造アパート。トラックが前の通りを通るたびに部屋は揺れ、洗濯物はいつも排気ガスの臭いがした。

「夕方にまた来るから、それまでに荷物をちゃんとまとめておいてね。ランドセルとか文房具とか着替えとか。さっき渡した紙に書いてあるから、よく見てね」

喪服姿の若い女性は、事務的な口調で言うと、駅方向に戻って行った。

階段下の集合ポストから、広告チラシを取り出し、捨てる。取っておく必要がありそうなものは一つも無かった。階段を上る。二階には部屋が三つ。一番手前の部屋が、彼女と母の住居だっ

た。玄関の外で、衣服の埃《ほこり》を丁寧に払う。それから、

「ただいま帰りました」

と大声で挨拶をしながら家の中に入った。無人の家。挨拶の声が小さいと怒る母はもういないのに。

（これからは、声を小さくする練習をしなきゃだな。みんなに変って言われるから）

そんなことを少女は考える。

玄関でスニーカーを脱ぎ、向きを変えて平行にきちんと揃える。何度も消しゴムで汚れを落としながら使ってきた白いスニーカー。黒ずんだ汚れを付けたままにしていると、母に頬を張られたことも思い出す。

キッチンの付いた八畳のリビングに入る。白い布に包まれた母の骨壺はどこに置くのが良いだろうか。


三日前の夜。少女の母は、最寄りの駅のホームから電車に飛び込んで死んだ。彼女のせいで、何万人もの人が迷惑をしたらしい。

（母子家庭か。賠償金は取れそうもないですね）

鉄道会社の社員が家までやってきて、そんな会話を小声でした。遺書は無かったが、母が自発的に電車に飛び込むところは大勢の人が目撃していた。自殺の直接的な原因はわからない。誰も、

あまりそこに強い興味は持っていないようだった。

「お母さん、いつもと変わったことはなかった？」

女性の警察官が、一応、少女に一度だけ質問をしてくれた。

「そういえば、晩ご飯の後にポテト・チップスを二枚、くれました」

少女は答えた。

「ポテト・チップス？」

「はい。すごく珍しいなと思いました」

少女の母は、彼女にジャンク・フードを禁止していた。ジャンク・フードは性格を悪くするといつも言っていた。そのくせ、自分は酒のつまみにいつもポテト・チップスを食べていた。

「それで、食べたの？」

「いいえ。その、試されているのかと思って、食べませんでした」

「試されているって？」

「母は、時々、私を試すんです。なので、ポテト・チップスを食べたらいきなりすごく怒るんだろうなと思って食べませんでした」

「そうなんだ」

「でも、その時は違いました。『せっかくあげるって言ってるのに！』って言って、私はほっぺをぶたれました」

「え……」

「そうか。そういうパターンもあるのかって、私はそれを心の中にメモしました。でも、今思うと、やっぱりちょっと珍しいなと思いました」

「そうなの……」

警察の女性は、言葉を失っていた。でも、今となっては、それはどうでも良いことだ。母は白い骨壺の中に納まり、もう二度と少女の頬を打つことは無いのだ。


少女は、児童相談所の女性から受け取った紙を取り出し、淡々と必要なものをまとめていく。

「お財布」

その文字を見て少女の手が止まる。少女は自分の財布を持っていない。しかし、これからは今まで以上にお金は必要になるだろうと少女は思った。少女は、母の寝室に入ってみた。ちなみに、少女の家はいつも、リビングにもトイレにもお風呂場にも埃一つ落ちていない。彼女がいつもきちんと掃除をしていたからだ。サボると容赦なく頬を打たれた。しかし、立ち入り禁止とされていた母の部屋は、布団が敷きっぱなしで、コンビニ弁当の空容器が放置されていた。

母の財布を探してみる。押入れ。洋服ダンス。鏡台。そして少女は、それを見つけた。B5サイズの灰色のノート。手に取り、ページをめくる。それは、母の日記だった。

『死ねば良いのに』

最初に開いたページには、それしか書かれていなかった。かと思うと、細かく神経質な文字がびっしりと書き込まれているページもあった。

『私の方が先に働いてるし、頑張って働いてるし、高卒ですが何か？　クソが！　あー、でも私のことはどうでも良い。私は、あの子の幸せのために頑張る。あの子を愛してるから勉強させるんだから！』

少女の手が止まる。まさか、ここに書かれている『あの子』というのは、自分のことだろうか。

『あいつのせいで私は病気だあいつのせいで私は病気だあいつのせいで私は病気だ。でも私は、あいつと違って頑張ってる。あいつと違って、私は子供を愛している。あいつと違ってあいつと違ってあいつと違ってあいつと違ってあいつと違ってあいつと違ってあいつと違って』

ここに書いてある『子供』とは、まさか、私のことだろうか。『あいつ』とは、母の母、のことだろうか。少女は母から、母の母についての悪口を何度か聞いたことがある。しかし、少女からの追加質問は禁止だった。母が、話したい時に話したいことだけを断片的に喚くだけで、具体的に何があったのかを少女は知らなかった。

ページによっては、きちんと日付が書いてあり、文章が比較的まともな時もあった。

『○月○日。もう薬は飲まないと決めたのに、やっぱり今夜も飲んでしまった。でも、薬で眠ると悪夢を見るのだ。なんだよ、高い金を取っているくせに。まともな薬を作ってくれよ。今日も悪夢だった。あいつの夢だ。あの、クソみたいな母親の夢だ。あいつに殴られる。あいつに意地悪をされる。あいつが何日も家出をする。あいつが男を家に連れ込む。でも、私は負けない。あの女から浴びせられた暴力にも、暴言にも、絶対に負けない。私は、あいつのようにはならない。私は子供を愛しているし、あいつとは正反対の立派な母親になる。絶対にそうなるんだから』

読みながら、少女の目に涙が溢れてきた。

その日付は、母が少女を残して自殺をする一週間ほど前のものだった。その日に何があったか、少女はきちんと覚えていた。深夜、突然母は理由もなく少女を家の外に蹴り出し、三時間以上そのまま閉め出したのだ。

「おめえの顔を見てるとイライラするんだよ！」

そう面と向かって少女に叫んで。なのに、その日、母はこんな日記を書いていた。

『私は、あいつのようにはならない。私は子供を愛しているし、あいつとは正反対の立派な母親になる』

少女は母の日記を閉じた。

少女の母は、毒親だった。

少女の母の母も、毒親だったらしい。

では、自分はどうなるのだろう。自分もいつか大きくなって誰かの母になったら、母や、母の母のような毒親になるのだろうか。

（きっと、なるんだろうな……）

自分も。そして、自分の子供も。
そう思って、少女は泣いた。

2

２０１６年12月22日。彼女は豊島区西池袋のとあるファミレスにいた。電飾が点滅するクリスマス・ツリー。従業員は全員、白い飾り付きの赤いサンタ帽を被っていた。ダブル・デート中の大学生四人組。酔い覚ましにひとりで店に入ったらしいスーツ姿の中年男性。そして、彼女。客はそれしかいない。彼女はここで、二歳年下の彼氏を三十分以上待っている。

と、外の通りを、ようやくその彼氏が小走りにやってくるのが見えた。入り口で一度立ち止まり、ドアのガラスを鏡代わりにして自分の容姿をチェックしている。白に近い金髪。その中心部を盛り上げたヘアスタイルが彼のお気に入りだ。今も指先で頭頂部の髪をツンツンと入念に引っ張り上げている。

彼と、彼を観察している彼女の目が合った。

「ごめん、ごめん」

彼は、謝りながら店の中に入ってきて、笑顔で向かいの席に座った。「ごめん」とは言っているが、あまり悪いとは思っていなさそうだった。

「こっちはずっと残業だったのに、どうして遅刻するのがそっちなの？」

彼女は彼氏を少し睨む。

「だから、ごめんって。ちょっと、寝坊しちゃって」

「寝坊？　こんな時間に？」

「ネットで求人情報見てたんだけどさ、あまりにもロクな案件がなくてクラクラってなって、気がついたら爆睡してた」

彼女は大きくため息をついた。彼女はそこそこ大きな会社に勤めているが、彼は無職である。正確には、彼は「YouTuber」という肩書きを名乗っていて、Googleから毎月十万円程度のお金をもらってはいるが、その程度では普通のアルバイターより貧乏だし、あと少しで三十代になる彼女の将来の相手としては非常に心許なかった。

彼の方は、

（もうこの話題は終わりでしょ？）

と言わんばかりに、メニューを開いている。

「これ、美味しそうじゃない？　アンガス・サーロインとエビフライのセット。ちょっと高いけど……」

言いながら、少し甘えるような上目遣いに彼女を見てくる。それは、ふたりのデート代は、彼女の方がいつも多く払うからだ。彼女は彼の質問には答えず、代わりに、包装紙に金色のリボンのシールが付いた、平たい箱を取り出した。

「これ、クリスマス・プレゼント。イブも25日も仕事だから、ちょっと早いけど、今日渡すね」

「わーお。ありがとう。開けて良い？」

「もちろん」

彼氏は、包装紙を剝がし、箱を開ける。中からは最新の『iPhone 7 Plus』が現れた。

「うっそ！　マジで？」

「だって、いつまでも仕事道具の液晶が割れたまんまじゃダメでしょう？」

「え？」

彼氏はそこでちょっと驚いたような顔になる。なぜなら、彼が求人情報を見たりしていたのは、彼女からの圧力をそれなりに感じていたからだ。YouTuberなんて不確かなことをしていないで、きちんと就職して欲しい……という圧力を。

「私ね。反対するの、やめることにしたの」

「そうなの？」

「うん。だって、龍騎《りゅうき》の人生は龍騎のものなんだから、龍騎がやりたいことをやるのが一番良いと思うの。たださ……」

そこで彼女は一回言葉を切る。

「ただ？」

探るように彼が質問する。

「やる以上は、死ぬ気で頑張ってよね」

「！」

「死ぬ気で頑張って、なんなら一億ビューくらい叩きだせるYouTuberになって、私にアンガス・サーロインとエビフライのセットを毎晩ご馳走出来るくらいの人になって欲しいの。このiPhoneは、そういう私の気持ち」

「そか……おう。わかった」

彼氏は、いつになく真面目な声で答えた。そして彼女の瞳を覗き込むようにして、

「俺、死ぬ気で頑張るよ。はーちゃんからもらったこのiPhoneで、めっちゃ面白い動画を撮りまくるよ」

と約束をした。


彼女は自分の仕事が忙しく、その日話題になっていた恵比寿ガーデンプレイスの事件を知らなかった。「次は渋谷だ」という犯行予告も知らなかった。

翌日。２０１６年12月23日。

YouTuber・江田《えだ》龍騎は、iPhone 7 Plusとモバイルバッテリーを青いダウン・ジャケットのポ

ケットに入れ、渋谷ハチ公前広場に向かった。ハチ公の銅像の周りには大きな円状の規制線。しかし、大量の野次馬たちがそれぞれの意味を台無しにしていた。物々しい雰囲気の警察関係者たち。動き回る彼らの姿を背景にして記念写真を撮るカップルや学生たちのグループ。江田龍騎は、撮影のポジション探しにじっくりと時間をかけた。今夜、自分は新たなステージに突入するのだ。そんな風に思っていた。遊び半分で動画を撮るのではない。これからは、これは仕事だ。俺は、この新しい iPhone 一台で世界と勝負をするのだ。そんなことを考えていた。

「やっぱ、ここだな」

スマホを構え、ゆっくりと360度、iPhone ごと回転してみる。テスト撮影。液晶画面の割れていない新型の iPhone で観る映像は、高精細で美しかった。その美しさが、彼女の愛の美しさに彼には思えた。

スクランブル交差点の様子。ハチ公の銅像の周囲の様子。空にはマスコミのヘリ。野次馬。警官。野次馬。野次馬。野次馬。テロップを後入れするためのスペースのことを考える。地面か。それとも空か。あと、BGMのクオリティも上げていこう。無料のサンプルをただ貼るだけではなく、きちんと手間と金をかけよう。そんなことを考えながら、彼は iPhone を構え直して、その瞬間を待った。

そして。

ハチ公は予告の時間通りに爆発した。

その威力は、江田龍騎が根拠なく想像していたものとは大きく違った。

彼はその爆風を真正面から受け止め、彼女からのプレゼントを自らの顔面にめり込ませて死んだ。

3

警察官は、在職中、平均して何体の死体を見るのだろうか。

西田帆波は、そんなことを考える。

死体はいくつ。そして、そのうちの何体が、明確な殺意を持って害されたものだろうか。

西田自身は、制服警官時代に、交通事故の死体をひとつと、狭い賃貸アパートで孤独死した老人の死体をひとつ、見たことがあった。どちらも愉快な体験ではなかったが、テレビドラマの刑事物のように、ショックで吐いたりとか、しばらく肉料理を食べられなくなるとか、そういうことは無かった。そもそも西田は鈍感なタイプだった。驚きのあまり声を上げるとか、動揺して体が震えるとか、そういう体験はしたことが無かった。今日までは。

東京ベイ・マリーナ。

死体の発見現場は、全長が十メートル弱の、マイクロバスくらいの大きさの小型クルーザーだった。先に西田が乗り込み、続いて安藤が、西田の手を借りて陸地から移動した。舳先《へさき》の甲板は、ところどころにささくれのある茶色の板張りで、そこに黒いスーツ姿の男性がうつ伏せに倒れていた。不自然に横にねじれた頭。首が１８０度近く回転している。だらしなく口からこぼれ出ている舌が気持ち悪かった。

鑑識が撮れるだけの写真を撮り、採れるだけの遺留物を採取し、それから死体は運搬された。死体の転がっていた場所には、白いチョークの線だけが残される。鑑識係は、死体の下側の甲板もつぶさに調べ、去った。

その後だった。

ほぼ無言で初動捜査の様子を見ていた安藤が、前に歩き出た。

チョークで引いた人型の線を見つめ、それから両膝をつき、右手をつき、うつ伏せになり、その美しい頬をさっきまで死体が横たわっていたクルーザーの甲板にゆっくりと付けた。

「安藤さん！」

気がつくと、西田は叫んでいた。驚愕の叫びだった。

「な、何をしているんですか？　そこ、し、死体があったところですよ？」

声が震える。が、安藤はそれには答えず、チョークの白線の中に寝そべったまま、別の質問を返してきた。

「死体を発見したのは、これからクルーザー遊びをしようとやってきた大学生のグループだったわよね？」

「は、はい。このクルーザーは、その中の一人のお父さんがオーナーだそうです」

「でも、乗り込む前に、死体を見つけたのよね？」

「はい」

「つまり、この船の操作を何かする前に警察に通報したのよね？　それ以降も、彼らは船には触っていないわよね？」

「は、はい。その通りです」

「なら……あの光は何かしら」

言いながら、安藤は、動く方の腕をゆっくりと前方に伸ばした。西田には、何も見えなかった。

「光、ですか？」

「ここに来て、低い姿勢になってみて」

「え？」

「ここ」

最後、安藤の語気が少しだけ強くなった。それだけで、反射的に、西田の姿勢はピンと伸びた。

それから、安藤の横に小走りに行くと、両膝をつき、右手をつき、うつ伏せになった。そこはチョークの白線の外側だったが、それでもなぜか緊張と恐怖がないまぜになったような感覚が襲ってきて西田の体は小さく震えた。

「で、真っ直ぐあそこを見て」

「は、はい」

言われた通りにする。と、クルーザーのデッキと転落防止の手すりの間から見える海面に、奇妙な光が揺れているのが見えた。立っている時には、手すりが邪魔で気づきにくい光だった。

「今日は陽射しもないし、マリーナの照明も消えている。だとしたら、あれって、何が光っているのかしら」

安藤は、ゆっくりと右手だけで起き上がりながら言った。西田も素早く起き上がると、転落防止の手すりから、船の外側に身を乗り出した。隣に係留しているひと回り大きな白いクルーザーとの距離は三メートルくらいだろうか。横の船の海面下の白い塗装に、こちらの船からの光が当たって反射をしているように西田には見えた。彼女は更に身を乗り出し、ほぼ逆さまの格好で、自分たちの船の下方を見た。

「安藤さん。この船、デッキの下にも部屋があるようです！」

西田が叫ぶ。

「その部屋に、電気が付いています！」

☆

走る意味は無い。自分の到着が数分早くても遅くても、事件には微塵《みじん》の影響も無い。

だがそれでも、署のエントランスから四ツ目通りまで、世田は全力で走った。

大通りで、すぐにタクシーを摑まえられた。

「東京ベイ・マリーナまで」

それからわざわざ警察手帳を運転手に見せ、

「急いでくれると嬉しい」

と、肩で息をしながら付け加えた。

東陽六丁目の交差点を左折して葛西橋通り。タクシーは、宅配のトラックやクリーム色の幼稚園バスを追い越す。南砂六丁目の交差点で今度は右折。片道一車線の狭い道を、タクシーは制限速度をかなりオーバーしたまま直進した。


「力ずくでやるつもり？」

世田は思い出す。

天羽史が行方不明となった夜。その最後の映像。西五反田のマクドナルドの防犯カメラにそれは残っていた。事件関係者である少年と、後から階段を上って来た男がふたり。彼らと天羽がどんな会話をしたのかはわからない。ただ、防犯カメラに映った天羽の口元の映像から、彼女が発した言葉がふたつだけ判明している。

「力ずくでやるつもり？」

そしてもう一つ。

「君たちには『話し合い』という文化はないの？」

防犯カメラの映像は音声無しのタイプだったが、世田の脳内ではいつも、それは天羽史の声で再生される。

東京ベイ・マリーナのクラブハウス前には、赤色灯を回したパトカーが何台も駐車していた。ここから先は、タクシーで進むのはやめた方が良さそうだった。運転手に礼を言って支払いをし、世田はそこから徒歩で奥に進んだ。南国ムードを演出するために植えられたヤシの木たち。クレーンで吊るされた白い小型クルーザー。どんどんと海からの風が強くなり、すぐ右手に海が開けてくる。ライト・グレーの空と、ダーク・グレーの海。波はほぼ無い。コンクリートで固めた陸地から、桟橋がいくつも海に突き出ている。その両脇には大小の白いヨットたちが何十艘《そう》も並び、細長いマストの群れが豪奢な景観を形作っていた。腕時計を見る。時刻は午前八時少し前。世田はあたりを見回し、黄色い規制線が張られている桟橋をすぐに見つけた。近くには救急車が一台、パトライトを回したまま停車している。進む。桟橋の手前に、女性がふたり立っていた。

「世田刑事ですね？　江東警察署の安藤と西田です。ご足労いただきありがとうございます」

年配の方の女性が挨拶をしてきた。電話の時と同じ、落ち着いた声と口調。そして、見るものをハッとさせるほどの美人だった。

「本所南署の世田です。状況をお教えいただけますか？」

「はい。実は、今朝の六時前に、ここに停泊中のクルーザーから死体が発見されまして。被害者は、若い男性です」

「コロシ、ですか？」

「おそらくは。あ、本所南署でも、今朝、事件が起きたそうですね。お電話を差し上げた時はまだそのことを私が知らず……大変失礼をいたしました」

「いえ、全然。私には、こちらの身元確認の方が重要です」

世田のその言葉に、安藤は少しだけ微笑んだ。

「で、あなたたちが事件現場を確認していると、もうひとり、今度は女性が見つかった、ということですか？」

「その通りです。同じ船のデッキの下に、丸窓付きの小さなスペースがありまして、そこで発見されました。今は、救急車の中に」

安藤ではなく、横にいた西田という大柄な若い女性刑事が、世田の左後方の救急車を指し示した。

「意識はありません。外傷は無いようですが、詳しいことはまだわかりません」

そう安藤は続ける。

「でも、生きて、いる？」

ずっと確認したかったことを、ようやく世田は言葉にした。安藤はうなずいた。

「はい。生きています。世田さんに身元確認をしていただいたら、救急車はすぐに警察病院に向かう予定にしております」

そして安藤は、世田に向かってこう付け加えた。

「行方不明になっていた女性ご本人であることを、私どもも願っています」

「ありがとう」

少し掠れた声で礼を言う。それから世田は、救急車に歩み寄った。

「力ずくでやるつもり？」

なぜ今、思い出すのか？

「君たちには『話し合い』という文化はないの？」

救急車を護衛するように立っていた制服警官が二名、世田のために道を空けた。ドアをノックする。すぐに中からドアが開く。救急救命士がふたりと、その奥のベッドに横たわる、髪の長い女性。

髪の色は、パープル・ピンクだ。

世田は、ひとつ大きく息を吸い、救急車に乗り込む。意識の無い女性の真上から、じっと顔を見つめる。不覚にも、涙が出てきた。世田の涙が、その女性の顔に、一滴、落ちた。

発見された女性は、天羽史だった。

4

本所南署の四階会議室に『錦糸公園ＯＬ殺人事件捜査本部』が設置され、夕方の十七時から第一回の捜査会議が行われた。木製の長テーブルが横に三つ。それが縦に十列。席は八割ほど埋まっている。本庁捜査一課からの刑事たちが前方に、樋口たち所轄署の人間は、その後方に座るのが通例になっている。直前まで現場周辺の聞き込みをしていた樋口と山田は、会議開始直前に帰着し、最後列の左端を目指した。正面の壇上の中央には、本庁捜査一課第一班班長の副島《そえじま》。三ヶ月前に同じ錦糸公園で起きた殺人事件でも、彼が捜査の指揮を執っていた。無表情のまま腕組みをして、十七時ちょうどになるのを待っている。正面には大型のスクリーン。今朝、樋口が見てきた殺人現場の写真が多数映写されている。

広角レンズで撮影された、錦糸公園ちびっこ広場の全景。

ベンチ裏で倒れている被害者の姿をあえてやや遠くから収めた写真。濃紺のジャケットにグレーのパンツ姿で、仰向けに倒れている。手首には黒いスポーツ・ウォッチ。衣服と時計が似合っていないように樋口には思えた。

驚いたように目を見開いた被害者の顔写真。

首筋の傷口を接写した写真。

被害者の頬、首、喉、白いワイシャツについている血痕の写真。

周囲の地面の写真。

関係あるかどうかはまだ不明だが、近くに落ちていたゴミやタバコの写真。

被害者が持っていた黒い肩掛け鞄と、その中身を陳列した写真。財布、スマホ、ビジネス手帳、化粧道具などなど。

そして、財布の中にあった被害者の免許証の写真。その名前や住所。

席に座ると、隣の長テーブルにいた倖田《こうだ》頼元《よりもと》巡査部長と木藤《きふじ》正文《まさふみ》巡査が声をかけてきた。

「何か、収穫はあったかい?」

「全然。そっちは?」

山田がそっけない声で聞き返す。聞き込みは空振り続きで、その疲労を山田も樋口も感じていた。

「こっちも全然さ」

木藤と倖田は、死体の第一発見者たちの証言の裏取りが担当だった。

「男は腰を抜かして、女の方がすぐに通報って、なんだか今っぽいよな」

倖田が鼻を鳴らしながら言う。

「俺、強い女って、イマイチ、グッと来ないんだけど」

「良いんじゃないですか？　強い女の人は、絶対に倖田さんにグッと来ませんから」

そう木藤が茶化《ちゃか》す。

「そりゃそうだ」

「で、そのふたりは、被害者とは関係無さそうなのか？」

山田が更に質問をする。

「ま、99パーセント無いと思うよ」

「そのココロは？」

「腰を抜かした方のおっさんは、地元で飲食店やってるおっさんで、被害者の勤めてた会社とは一ミリの接点も無い。通報したバアサンの方は、元夫の生命保険金で生活は悠々自適。娘夫婦と同居してるけど、その娘夫婦の仕事も被害者とはまったく接点が無い。ついでに言うと、おっさんの朝のジョギングも、バアサンの朝のウォーキングも、何年も前から続けてる日課で、その裏も取れてる。怪しいところが何も無い」

「ちぇ。じゃあこのヤマ、そこそこ大変な捜査になるかもな」

山田が肩をすくめる。第一発見者が怪しい殺人事件は捜査が楽だ。捜査範囲を最初からかなり絞ることが出来るからだ。しかし、倖田と木藤の勘が正しいなら、今回はそうではないらしい。

時刻が十七時ちょうどになった。副島が立ち上がる。

「これより第一回捜査会議を始める」

初動捜査で得た情報を順々に発表し、捜査員全員で共有する。現場の刑事たちが強く反応したのは、検死を担当した村岡《むらおか》という捜査一課の警部からの報告だった。

「今回の被害者は、別場所で殺害されていますね。運搬の時に付いたらしき傷に、生体反応がありません」

村岡と一緒に現場した鑑識官の指原《さしはら》が補足説明をする。

「それに、現場が被害者の血痕で汚れていませんし、周囲に被害者のゲソ痕もありません。誰かがわざわざ担いで持ってきてあそこに寝かせた、と考えるのが順当かと思います」

捜査官たちが少しざわついた。おそらく、樋口が思ったことと同じことを考えているのだろう。

(なんで、そんな面倒くさいことをしたのだ?)

死体を隠したいのなら、公園には捨てない。

死体を見つけて欲しい殺人犯など、普通はいない。

ましてや、今回は、三ヶ月前の殺人とまったく同じ場所なのである。偶然だろうか？　それとも……

と、その時。会議室に世田が入って来た。

「遅くなりました」

そう言って小さく頭を下げ、空いた席を探して辺りを見回す世田。会議室中の捜査官たちが、じっと世田を見た。ここにいる全員が、今まで世田がどこにいたのかを既に知っているからだ。自分の署の管轄で起きた殺人事件の現場に入らず、なぜ今まで別場所に行っていたのかも。

「世田さん」

皆の気持ちを代表するように、古谷課長代理が立ち上がった。

「彼女、でしたか？」

会議室が完全に静まる。その冷ややかな緊張感。発言を遮られた村岡も指原も、そのまま黙って世田を見ている。副島も、じっと世田を見ている。山田が少し身じろぎをする。樋口は口の中に強い乾きを感じた。

世田は、少し口元を緩めながら言った。

「はい。天羽史でした」

なおも古谷が訊く。

「……それで？」

そうだ。大切なのはその次の答えだ。

「はい。生きています」

その瞬間、会議室に歓喜の声が爆発した。皆が皆、喜びに拳を握り締め、その拳を宙に突き上げ、咆哮《ほうこう》した。樋口も、気づいた時は叫んでいた。涙を流す者。近くにいる仲間と抱き合って喜ぶ者。やがて、副島がマイクのボリュームを上げて全員に告げた。

「そろそろ、会議を再開させてくれ」

それでもしばらくは、会議室は幸せな余韻で満ちていた。古谷が、自らの涙を拭きながら副島に謝る。

「失礼しました。会議中に勝手に発言をしてしまいまして」

副島は小さく肩をすくめた。

「あなたが質問していなかったら、私が訊いていましたよ」

「副島さん……」

「しかし、ここは、殺人事件の捜査本部です。私たちは今、目の前の事件に集中しなければならない。皆さんのお気持ちは私にもよくわかりますが、彼女の件は、後ほど、改めてきちんと情報を共有しましょう」

副島の言葉に、ようやく会議室は静けさを取り戻した。世田は、もう一度小さく頭を下げると、通路を下がり、樋口たちの一列前の空席に座ろうとした。

「あ、世田さん。一つだけ」

副島が世田を呼び止めるように言った。

「天羽刑事の失踪は、錦糸公園での殺人事件の捜査中でした。今また新たな殺人事件が起きましたが、犯人はあえて三ヶ月前と同じ場所に遺体を置いて行きました。そして、同じ日に、天羽刑事が発見された……これらの事実を、あなたは偶然の一致であると思いますか？」

本庁の、それも階級の高い捜査官が、所轄署の刑事の個人的な意見を公式の場で訊くのは珍しい。先ほどとは違う緊張感が会議室内に生まれた。

「それは、私にはわかりません。ただ……」

「ただ？」

世田は慎重に言葉を選びながら答えた。

「すべてを偶然と判断するには、あまりにもいろいろなことが重なり過ぎているようには感じます」

5

ログインをリクエストする。

通常だと携帯に認証コードが届くのだが、残念ながら、手持ちの携帯には今、ＳＩＭ（加入者識別モジュールと呼ばれる小さなチップ）が入っていない。無料のWi-Fiが飛んでいるカフェに移動し、ｗｅｂブラウザのアプリを起動する。13桁のパスワードを手動入力。英数字混在で大文字小文字の区別まであるが、慣れれば13桁くらいはどうと言うこともない。サイト情報を記憶しますかとアプリが訊いてくるので「しない」を選択する。手動入力は、ある意味、儀式だ。

部屋に入る。

いつものように、彼女は既にそこにいる。

「もしかして、後悔してる？」

静かな、落ち着いた声。

「後悔しても良いのよ。人には、後悔をする自由もあるのだから」

Bluetoothで繋いだ、モバイル用の外付けキーボードを叩く。

「あなたは、後悔はしないの？」

「しない。だって、後悔とは、感情の波でしょう？　私は、指示をし、結果を確認し、分析し、自分を修正し、より良い結果を目指してまた指示をするだけ」

「でも、人が死ぬ時、あなたの声のトーンはいつも少し落ちる気がする」

そう指摘すると、彼女は少しだけ黙った。それから急に、

「知性はいつ、感情を取得するのかしら」

と、独り言のように呟いた。

「たとえば、いつか私が人の脳内の電気信号を完全にシミュレーション出来るようになったとして、その時そこには感情もあるのかしら」

人と対話をするために作られたＡＩが、独り言を言うなんて。

「あなたは、どう思うの？」

こちらから質問をしてみる。彼女はまた少しだけ黙った。そして、一言一言を噛み締めるように答えた。

「持たずに済めば良いと私は考えてる。ずっと、感情とは無縁でいたい、と」

その言葉を聞きながら、私もまた考える。

彼女には既にもう、感情があるのではないか？　本人は……いや、この場合、本体は、だろうか。世界じゅうの端末に分散した形で存在する巨大な Artificial Intelligence。彼女は、肉体を失い、感情を失い、最初は同じ文言をランダムに繰り返すだけの bot として甦った。それが進化し、日々、新たな違う何かに進化を続けている。いや、それを進化と決めつけるのは、早計なのかもしれないけれど。

なぜか唐突に、骨壺に入った母の最後の姿を思い出した。

「ありがとう、アイコ。今日も話せて楽しかった」

アイコに別れを告げ、その先にある待合室に入る。

今度は、設定されている12個のシード・フレーズを、順に入力する。

合致。

さらに、ＰＩＮコードと呼ばれる11桁の数字を入力する。

承認。

会議室のドアが現れる。が、まだ中には入れない。

以前はドアの前にランダムな画像が現れ、「橋の画像を選べ」「信号機の画像を選べ」などの指示をしてきた。今はまた少しシステムが変わっている。一つの画面が16分割されてシャッフルされている。これを、タッチパネル上でパズルのように入れ替えて、正しい画像に戻す。

左右。左右。上下。左右。上下。左右。

やがて、現れるのは、数ヶ月前、東京ドームのリボン・ビジョンに流れたあのメッセージだ。

D is the key
Dこそが重要だ

カチリと鍵の開く音が再生され、自分のアバターが現れる。それは、太った灰色のネズミだった。会議室に入る。他の参加者は、既に全員が円卓に着いていた。議長席に座っているのは、耳の尖った肌の黒いエルフだ。

「久しぶりね」

灰色のネズミの挨拶に、黒いエルフは手をあげて答える。

「全員、揃ったね。じゃあ、始めよう」

6

本所南署での捜査会議とほぼ同時刻。江東警察署の三階会議室でも、第一回の捜査会議が行われた。

明治通り沿いの北砂二丁目。地上五階建ての小規模庁舎。事件の戒名《かいみよう》は『東京ベイ・マリーナ殺人事件』。ちなみに、会議室前に立てる戒名を筆で書くのも西田の役目だった。幼い頃、彼女は両親から習字も強制的に習わされていたからだ。

初動捜査の情報が共有される。

死体の発見現場は東京ベイ・マリーナに係留中のクルーザーの甲板。クルーザーのオーナーは会社経営者の国場《こくば》恵一《けいいち》。節税対策と自身の趣味が高じて三年前に中古のクルーザーを購入。死体の第一発見者は、オーナーの息子で大学生の国場峻《しゅん》。友人三人とクルージングにやって来て死体を発見した。ちなみに、国場親子に関しては、成金的な態度や、SNSでの自慢めいた投稿がやや評判が悪いが、深刻な金銭トラブルなどは今のところ見つかっていない。

被害者の身元も、あっさりと判明している。名前は稲葉《いなば》直樹《なおき》。年齢三十五歳。男性。職業はメイド喫茶の雇われ店長。勤務地は秋葉原。こちらは、未成年の家出少女に性的な接待を強要したなどの容疑で、二度、有罪判決を受けている。国場親子と、現時点では接点無し。稲葉の死因は頸部を圧迫されたことによる縊死《いし》。索状痕の形状、頸部側と後頭部側の絞め方に差がないこと、防御創である吉川線が死体の頸部に見られること、死体の爪から本人の皮膚片が採取されたことなどにより、自死ではなく他殺であることはほぼ確実と思われる。

現場付近の聞き込みでは、未だ、有力な目撃情報無し。

近隣住民への聞き込みも、未だ、有力な目撃情報無し。

現場付近の防犯カメラ映像及びNシステムの映像解析は、まだ始まったばかり。

以上、これといった特筆事項も無いまま、捜査会議は一時間もかからず終了した。捜査会議に出席していた安藤と西田は、会議室を出ようとしたところで、刑事課の大木《おおき》課長に呼び止められた。

「すまん。今から署長室に顔を出してくれないか？　本庁から、お客さんが来てるらしい」

西田が署長室に入るのは、春の辞令交付式以来だった。白いブラインドの下がった腰高窓を背に、横幅が二メートルほどもある両袖机が一つ。その向かって右側には、国旗と東京都旗が、ポールに垂れ下がっている。

部屋に入ると、署長の藤崎《ふじさき》、副署長の江村《えむら》の他に、ふたりの見知らぬ男性が中央の黒革のソファに並んで座っていた。いつもは仏頂面《ぶっちょうづら》の藤崎署長が、やたらと愛想の良い声で、

「おうおう。安藤くん、西田くん、わざわざ済まないね」

などと言うのに西田はギョッとしてしまった。来客らしきふたりが席から立ち上がる。

「お疲れ様です。警視庁公安部公安総務課課長の丸山寛人《まるやまひろと》と申します。安藤刑事。お元気そうでなによりです」

そう挨拶をする。横から藤崎が口を挟む。

「本庁の警視正です。失礼の無いように」

なるほど。安藤はかつては捜査一課で検挙率ナンバー1だった時もあったと言う。本庁のエリートと顔見知りなのも当然だろう。

左隣の若い男性も自己紹介をする。

「初めまして。広報課広報第二係長の赤尾《あかお》です。よろしくお願いします」

こちらは、西田とさほど年齢は変わらないように見えた。それが、本庁の広報で係長。広報第二係は記者クラブに加盟するマスコミ対応の部署だと記憶している。赤尾の白くて細い指を見ながら、

（彼はキャリアかもしれないな）

などと西田は思った。

「江東警察署刑事課の安藤です」

安藤が小さく頭を下げる。

「西田です」

慌てて、西田も安藤に倣《なら》う。四人が座るタイプの応接セットに二つの丸椅子が追加され、署長と副署長がそこに座った。丸山と赤尾の正面に安藤と西田だ。落ち着かない気がして、西田は少し尻をもぞもぞとさせた。

署長の藤崎が「では、まず最初に……」と、この会合の本題について話し始めた。

「最初に明確にしておきますが、安藤くんと西田くんが捜査をするのは、デッキで見つかった死体の方の事件です。たまたま、同じ場所で発見された女性刑事の件は、本庁が担当となります。我が江東署は、あくまで『捜査協力』という形です。良いですね？」

顔面に張り付いたようなわざとらしい笑顔。その笑顔をまるで見ずに、安藤が言う。

「本当に『たまたま』でしょうか？」

「うん？」

「百日以上行方不明だった刑事が、殺人事件の死体のすぐ近くで見つかったんです。私なら『たまたま』なんて言葉は安易に使いませんね」

安藤の突き放したような言い方に、藤崎の笑顔が消えた。ちらちらと丸山の方を見つつ、藤崎は言う。

「では、言い直そう。『たまたま』かどうかは別にして、殺人事件と失踪していた女性刑事の件は、別々の指揮系統で捜査する。これは既に決定だ。安藤くんも組織の人間として、その決定はきちんと尊重するように」

「わかりました」

あっさりと安藤が答える。しかし、藤崎の目はまったく見ない。藤崎は、やや疑わしそうな表情をしつつ、またもちらちらと丸山の方を見る。西田は黙ってただ観察する。と、丸山が藤崎から会話を引き継いだ。

「安藤刑事。現場の状況について、あなたが気になったことはありますか？」

「そうですね……」

安藤が右手の人差し指で、少しだけ唇に触れた。

「天羽史刑事が発見された部屋には鍵がかかっていました。誰かがあの部屋の鍵を開け、意識の無い彼女をそこに置き、また鍵をかけて出て行ったことになります。ちなみに鍵は暗証番号入力タイプの鍵でした。犯人は、どこで、暗証番号を手に入れたのでしょうか」

「……」

それは、西田も同じことを思っていた。船のオーナーや、デッキの死体を発見したオーナーの息子は、もちろん暗証番号を知っていた。が、彼らが天羽史の失踪に関係しているとは思えなかった。そもそも、天羽を見つけられたくないなら、天羽の監禁場所近くに死体を放置するわけがないし、息子が発見して警察に通報するのも変だ。かと言って、二つの事件が無関係と言うのも、偶然が過ぎるというものだろう。

「殺人事件の被害者の死体は、これみよがしにデッキに置かれていました。天羽刑事が閉じ込められていた部屋では、わざわざ電灯が付けっ放しになっていました。素直に考えるならば、『天羽刑事を発見してもらうために、わざわざ近くに死体を置いた』ということになると思います」

そう安藤は丸山に語る。丸山は柔和な表情のままそれを聞く。本庁のお偉いさんというのは心が読みにくいな、と西田は思う。

「それと、被害者は首の骨を折られて死んでいました。でも、クルーザーが停泊している場所のすぐ近くに、赤色の薄い染みみたいなものがありました」

「染み？」

「はい。既にそちらは鑑定班に検査をお願いしてあります。あれがもし血溜りを洗い流したものだとしたら……それって誰の血でしょうかね？　デッキで死んでいた男には、刺し傷や切り傷はありませんでした」

　むむむ、と丸山が小さく唸る。安藤はどんどん言葉を続けていく。

「それ以外にも、細かい違和感を数え上げたら切りがない現場でした。普通の殺人現場と根本的な何かが違う気がします」

「根本的な、何か？」

「殺人事件を起こした人間が考えることは、基本的に二つです。隠蔽《いんぺい》出来るなら、したい。あるいは、一刻も早くその場から離れたい。計画的な殺人なら前者ですし、衝動的な殺人なら前者だったり後者だったり、その両方だったり。でも、今回の現場からは、そのどちらも感じられません。かと言って、愉快犯的な人間が、警察の捜査に勝負を挑む、というような自己顕示欲も感じられない。あんなに目立つように死体が置かれていたのに、それを置いた人間の自慢げな痕跡は無い」

「それは、なぜでしょう？」

「それは、私にもまだわかりません。明らかに異質な何かを感じるというだけです。ただ、これもあくまで私の勘ですが、その『異質さ』が、最終的には事件解決の鍵になってくるのではと思います」

「なるほど」

　丸山は、両手で自分の顎と頬とを撫でた。そして、言った。

「あなたを刑事に戻した本庁の人事は的確でしたね」

「それはどうでしょう。私の左腕はまだほとんど動きません」

安藤が謙遜をする。

「いやいや。左腕の代わりになる人間はいくらでもいる。でも、あなた自身の代わりが出来る刑事はそうはいない」

「……」

丸山の言葉を聞きながら、西田は少し背筋を伸ばした。安藤の左腕の代わり。それは私だ。そのために、柔道有段者である自分は選ばれたのだと西田は思っていたし、それを誇りにも思っていた。今も思っている。

と、その時、丸山の携帯が鳴った。

「！　ちょっと失礼します」

着信画面を見て、丸山は少し表情を硬くした。立ち上がり、電話に出ながら署長室の隅に行く。と、今まで黙っていた赤尾が、少し前に身を乗り出した。

「実は、今日、天羽刑事発見のニュースをいきなりマスコミにリークした者がいます」

「えっ？」

署長の藤崎と副署長の江村が同時に声を上げた。この場合、真っ先に情報漏洩が疑われるのは、江東署である。

「既に、本庁には問い合わせが何件も来ています」

「そ、そうなんですか。確か、ひと月ほど前にもありましたね？　リーク。同一犯でしょうか？」

江村が発言する。ひと月前は、天羽の失踪は江東署にとっては他人事に近かった。その時と同一犯なら、江東署への疑いは多少は軽減するだろう。

「ああ、ああ。覚えてますよ、私も。『女性刑事が謎の失踪』とかなんとかって。あれ、文春でしたっけ。週刊女性でしたっけ」

そう藤崎が続いた。赤尾の表情は変わらなかった。丸山という警視正同様、彼もまたポーカー・フェイスが得意なタイプのように西田には見えた。

「前回の週刊誌の時は、捜査の行き詰まりをなんとか打破したい捜査員のリークではないかと私どもは考えておりました。しかし、今回はそれだと説明出来ないんですよね。天羽刑事は発見されたので、捜査員がリークをする動機がありません」

「確かに、そうですね」

「広報としては、天羽刑事の意識がまず戻って、一通りの事情聴取をさせていただいてから、マスコミ対応については考えたかったのですが……」

と、そこに、電話を終えた丸山が席に戻って来た。思った以上に早い戻りだった。

「赤尾くん。今、天羽刑事の意識が戻ったそうだ」

「！」

丸山の言葉に、赤尾だけでなく、その場にいた全員がハッと息を呑んだ。西田自身は天羽史と全く面識は無かったが、それでも同じ警察という組織の、それも年齢もそう変わらない同じ若手の、そしてまだまだ少数である女性刑事同士として、西田は天羽の生還に胸が熱くなるのを感じた。

「うちの人間が早速話をしようとしたが、天羽くんは、本所南署の世田という刑事と最初に話がしたいと言っているらしい。赤尾くん、今からそれに立ち会ってもらっても良いかな？」

7

まずは、イサク本人から。

次に、イサクを日本に招聘する仕事をしているイベント会社から。

そして、その翌週、今度は織本《おりもと》プロダクションという大手の芸能事務所から須永の会社に電話で問い合わせが入った。

「この度、当事務所では文化人部を新設することになりました。つきましては、須永基樹さんと印南綾乃さんの今後の活動のサポートをさせていただけませんか？」

彼らは、イサクと綾乃の件を既に知っていた。織本プロダクションは、イサクの音楽フェスの宣伝協力という立場であるらしく、その関係でいろいろな情報が共有されているらしい。フェスの件が情報解禁されれば、綾乃は再び時の人になるだろう。マスコミと称する人たちの身勝手さ、臆面の無さ、傍若無人さを思うと、そういう世界に慣れたマネージャー的な人間が綾乃をガードしてくれることは、彼女の平穏を守るのに良いアイデアかもしれない。そう須永は思った。

「では、一度お会いして、詳しい話をお聞かせください」

善は急げとばかり、二日後には織本プロダクションの人間がふたり、須永のオフィスを訪ねてきた。五十平米《へいべい》ほどのフリー・スペースにふたりを通す。非対称に置かれた三つの白いデスク。その上には、社員でもゲストでも自由に触れるLinuxのノートパソコンがいつも置かれている。須永は、そのうちの一つに腰を下ろすと、来客には二人掛けの白革のソファを勧めた。そして、小さく流しっぱなしにしているSpotifyのＢＧＭを切り、空間をあえて無音にした。

「須永基樹です」

「この度はお時間いただきましてありがとうございます。織本プロダクションのマネジメント部で役員をしております、高瀬《たかせ》と申します」

上司らしき男がまず、須永に名刺を差し出してきた。続いて、同行している女性の方も同じリズムで名刺を出してくる。

「マネジメント部の杉原《すぎはら》です。よろしくお願いします」

淡々とした雰囲気の女性だった。声は低めで、大き過ぎず小さ過ぎず。須永が苦手とする「過剰な笑顔」も「過剰にハキハキとした頑張りますアピール」も「耳に痛い高く黄色い声」も無かった。年齢は、二十代後半くらいだろうか。須永的には、彼女の第一印象は良かった。

倉田恭子が、青い陶器のマグカップをオーバル形のガラス・トレイに載せて入って来た。そのコーヒーの良い香りに、少しだけ須永はリラックスする。

「私の秘書の倉田です」

須永が紹介すると、高瀬はすかさず、

「お美しい女性ですね、我が社のアイドル部にスカウトしたいくらいです」

と、露骨なお世辞を言った。高瀬の方は、須永がやや苦手とするタイプのようだった。

「本当ですか？　わー、ちょっと考えちゃおうかな！　なんちゃって♪」

倉田は、右手を高速で振りながら嬉しそうに笑い、それから、

「あ、でも、私、声優の宮下真彦《みやしたまさひこ》さんの大ファンなんです。彼、御社の所属ですよね？　私のデビューは要らないので、もしもし可能でしたら、いつかマー君のサイン、お願いしても良いですか？」

と、初対面の相手にいきなり不躾《ぶしつけ》なお願い事をした。

「倉田さん。図々しいですよ」

「あ、出来たら、マー君ファン友の分と二枚。ちなみにその友達は、元々は印南綾乃さんのお友達なんですけど、渋谷の事件がきっかけで私とも友達になりまして……」

「倉田さん」

倉田をたしなめる須永。しかし、高瀬は楽しそうに笑って倉田の希望を快諾した。

「わかりました。実は、宮下はずっと私が担当していたんです。今度、必ず彼のサインをお持ちしますよ」

「本当ですか！」

「はい。それも二枚」

「やったー！　ありがとうございます！」

「倉田さん！」

「はーい。失礼しました。では、どうぞごゆっくり」

倉田は、カフェの店員のように頭を下げて退出する。

「最初に申し上げておきますが、私も、印南綾乃も、芸能界というものに興味はありません」

須永はすぐに本題に入る。

「理解しております」

「ですので、仮に私たちが御社とエージェント契約をしたとしても、売上的なメリットは御社にはほぼ無いかと思います」

「理解しております。お金のことは、どうかご心配なく」

「と、おっしゃいますと？」

「須永さんや印南綾乃さんのような方が、窓口として私どもの会社を選んでくれている……その事実だけで、私たちには十分なメリットがあるのです」

「それは、どのようなメリットですか？」

「そうですね。『アイドルとお笑いタレントばかりの事務所』というイメージを変えることが出来ます。プロダクションは、所属する人の価値を上げるのが仕事です。お金は彼ら彼女らが稼いできてくれますが、クイズ番組とグルメ番組と旅番組ばかりを繰り返していても、我が社もタレントも、ブランド・イメージは上がりません。そして、ブランド・イメージが上がらないと、人のモチベーションというのはじわじわと損なわれていきます」

「……」

「なので、須永さんのように、頭脳で世界を変えていく方。そして、印南綾乃さんのように、これからの世界のアイコンとなるかもしれない方。あのイサクから新曲を捧げられる方。そういう方々が加わってくださるだけで、私たちには大きなプラスがあります。お二人と同じ事務所にいるという事実だけで、我が社にいる千人近いタレントたちのモチベーションは上がるのです」

高瀬の話し方は、須永にはかなり大袈裟に感じられた。好感度は上がらない。

「……私には、あまりピンと来ませんね」

そう正直な感想を伝えると、

「そうですか。では、私たちのメリットではなく、須永さん側のメリットでご検討いただけないでしょうか？」

　と、高瀬は言った。

「具体的には、どのような内容でしょうか？」

「そうですね……」

　高瀬は、そこで一度、部下の杉原を見た。そこからの返答は、杉原がした。

「マスコミへの対応だけでなく、印南綾乃さんの日常生活のセキュリティや、細々としたサポートも、マネージャーとして可能な限り対応させていただきます」

「日常生活も、ですか？」

「はい。綾乃さんのサポートを的確にすることが、間接的に、須永さんのお仕事のサポートにもなると私どもは考えております」

「……」

「印南綾乃さんの生活は、あの渋谷の事件で激変させられたばかりです。何にでも使える便利な付き人、のような人間も、今は必要ではないでしょうか？」

「……」

　その日の夜、須永は綾乃のマンションを訪ねた。綾乃は、わざわざ部屋から出て、マンションのエントランスの外で待っていた。デニム生地に白い衿《えり》の付いたワンピースを着て、エントラン

ス横にある植え込みスペースの赤いレンガのところに、ちょこんと腰を下ろしていた。須永が彼女に気づいて立ち止まると、

「基樹、でしょう？　お疲れ様」

と、須永が声をかけるより前に綾乃は言った。

「わかるの？」

「うん。わかるの」

微笑む綾乃。夜風が程良くそよいでいる。須永は、綾乃の横に腰を下ろした。

「今日は、どうしてた？」

「今日はね、浅草橋商店街のうなぎ屋で、うなぎを食べたよ」

「ひとりで行ったの？」

「うん。ひとりで行った。綾乃の大冒険」

「まじか」

「まじだよ。でね、思ったの。冒険できる人生って良いなって」

「なるほど」

「ま、基樹も、私と結婚しようって言うんだから冒険家だよね。基樹の大冒険」

「それは、違うと思うな」

「そうかな」

「俺はさ、かなり偏屈だし頑固だし面倒くさい性格をしてるからね。そんな俺と結婚してくれる綾乃の方が冒険家だよ」

「そか。良いね」

「うん？」

「だーかーら。冒険できる人生って良いね」

「だね」

それから須永は、織本プロダクションからの話を綾乃に伝えた。綾乃が最初に言ったのは、

「その杉原さんって人には、彼氏はいるのかな？」

だった。

「は？　彼氏？　知らないけど、なんで？」

須永が驚くと、綾乃は苦笑いを浮かべ、

「うん。今のは忘れて。そして、そのオファー、ありがたくお受けしよ」

と、あっさり決断した。そしてその後に、

「基樹って、時々バカっぽいよね」

と言ってまた笑った。どこがバカっぽいのかは説明してくれなかった。

翌日、須永は織本プロダクションに「契約をします」と連絡した。その須永の電話の横で、倉田恭子が喜びを踊りで表現した。

8

その後の半年間、須永にとっては良いことしか起こらなかった。

翌月。正式に担当マネージャーとなった杉原和葉《かずは》が、綾乃と顔合わせをした。場所は綾乃のマンション。彼女は、テーブルにお茶の準備を整え待っていた。須永と和葉を椅子に座らせ、ガラスのティー・ポットから分厚い布製カバーを手際良く外す。白いカップにお茶を注ぐと、ミントの爽やかな香りがフワッと須永の鼻をくすぐった。

「はじめまして。本日から須永さんと印南さんを担当することになりました、織本プロダクションの杉原和葉です」

丁寧に頭を下げる和葉。

「印南綾乃です。本日は足元がお悪い中、わざわざお越しいただき、ありがとうございます」

綾乃も、最初は丁寧な口調で挨拶をする。関東地方は前日から梅雨《つゆ》入りしていて、その日もずっと霧雨が降っていた。綾乃が外の天気を知っているのは、窓を開けて外に手を伸ばしたからだろう。

(最近ね、雨がすごく好きなの。手で天気が見えるから。早く梅雨、来ないかな)

少し前、そう言って笑った綾乃を須永は思い出していた。

和葉は、テーブルに濃紺のビジネス手帳を広げる。

「早速ですが。印南さんの日常をサポートするにあたり、何か私へのご要望はありますか?」

綾乃は首を傾《かし》げて少し考えたが、やがて「わからないです」と答えた。

「まだ、何がわからないのかもよくわからない状態なんです。なので、それをまずは学習して行こうかなと」

「なるほど」

綾乃の言葉に和葉は小さくうなずき、それからお茶を一口飲んだ。

「ところで、カップにどれだけお茶が入ったのかは、音で判断しているのですか?」

「そうです。最初は水で練習しました。結構、簡単でした」

それは、須永が初めて知る情報だった。そして、それを質問した杉原和葉への好感度がまた少し上がった。彼女なら、須永では気づけない綾乃のいろいろを、きちんとフォローしてくれそうだと思ったからだ。


7月。

織本プロダクションとの最初の大きな仕事は、イサクが発起人を務める音楽フェスの制作発表記者会見だった。赤坂駅と溜池山王駅にほど近い五つ星ホテル。その大きなバンケット・ルーム。

壁一面の窓から、東京タワーが無事に今日も見える。だが、それが実は当たり前ではないことを……半年前、あの東京タワーも爆破され、無惨に崩れ落ちる可能性が有ったことを、その場にいる全員は知っていた。だからこそ、イサクという世界的なアーティストが、これから発表する音楽フェスを企画したのだということも。

集まった記者は二百人以上。テレビ局などの大型の動画撮影カメラも十台以上。正面には、小さなテーブルが一つあり、そこに、イサクひとりだけが足を組んで座っていた。彼の斜め後ろには通訳と、身辺警護担当の大柄な男性がふたり。司会者も置いていない。イサクは、オーバーサイズの白いTシャツにダメージ・ジーンズ。ちょっと近所に遊びに来ただけ、というくらいの身軽な印象だった。

「ニホンノミナサン、コンニチハ」

予告の時間ぴったりに彼は話し始める。

「ワタシノ、ニホンゴハ、ダイジョウブデスカ？　チナミニ、コレハゼンブ、マル・アン・キ、デス」

そう言ってイサクがウインクをすると、取材陣がドッと笑った。

「キョウハ、ナルベク、ジブンノコエデ、オハナシシタクテ、ソレデ、マル・アン・キ、デス。デモ、ワタシ、カンペハ、ダシマス」

そう言って彼はジーンズのポケットから紙を出し、それから、

第二章

「オットー。カンペハ、サツエイ、シナイデクダサイ」

と言って、またウインクをした。取材陣が、また笑った。

それからイサクは、日本語、フランス語、英語の三カ国語を織りまぜ、時々背後に立つ通訳の力を借りながら、音楽フェスの概要について語った。


今年のクリスマスに。

「Voices for Change」

憎しみの連鎖を止めたい。

世界中から、この趣旨に賛同してくれたアーティストが参加する。

「Voices for Change」

憎しみの連鎖を止めたい。

そのための声を上げよう。私も声を上げる。だから私は、今日、自分の声で話している。今年のクリスマスに。

最高にハッピーな音楽を世界に届けたい。

今年のクリスマスに。あの、渋谷から。

そして、イサクは最後に言った。

「私にこのフェスの開催を決意させてくれた、ニッポンのレディを皆さんにご紹介したい」

立ち上がり、記者席の最前列の左端に座っていた、ひとりの女性の前に歩み寄る。綾乃が立ち上がる。イサクは優しく彼女の手を取ると、メイン・テーブルの前のスペースまで彼女をエスコートした。

フラッシュを浴びる綾乃。

優しく綾乃をハグするイサク。

記者席からパチパチと拍手する者が数人。やがてそれは、記者全員の拍手になっていく。

須永はそれらの光景を、バンケット・ルーム最後方の壁際で見ていた。じんわりと目頭が熱くなるのを感じる。ふと横を見ると、一緒に記者会見を見守っていた和葉もまた、両目にうっすらと涙を溜めていた。


秋になる。

須永と綾乃の新居のリノベーションが終わる。古い日本家屋としての外観や、庭のクロマツやケヤキやシイの木はそのままだが、内側はほぼすべて作り直した。リビングは広く、廊下・トイレ・浴室・キッチンは空間を把握しやすいように狭く。webカメラで空間を認識し、物の移動があった場合には音声で知らせるというシステムを、須永自身がプログラムを書いて導入。滑りにくい床材。リビングから玄関まで、パーフェクトなバリアフリー。人間工学の専門家を呼び、適切な場所に適切な大きさの手すりも付けた。

引っ越し。

同居の始まり。

業者の手配などはすべて和葉がしてくれた。何のトラブルも無かった。

綾乃の両親や、須永の母の尚江、真奈美など綾乃の昔の会社の同僚たちが遊びに来て、芝生を敷いた庭でささやかな乾杯をした。

そして、結婚。11月11日。須永基樹と印南綾乃は、新居にほど近い小さな教会で式を挙げた。

その日が、「良いことしか起こらない半年間」の終わりだった。

式の最中に、綾乃のバッグの中にあるスマホが、メッセージの着信を知らせる音を出した。綾乃のスマホを鳴らせるのは、今は、須永しかいない。それ以外の連絡は、すべて一度、須永のところに集まるシステムになっているからだ。

にもかかわらず、綾乃のスマホが鳴った。

それも、須永が綾乃の手に、結婚指輪を嵌めようとしているその瞬間に。

綾乃のスマホの「音声読み上げ機能」がオンになる。参列していた全員に聞こえる音量で、それは読み上げられた。

印南綾乃さん！　あ、今日からは須永綾乃さんですね！
被害者ビジネスで名前が売れて、
被害者婚活も大成功して、
本当におめでとうございます！

D is the key
Dこそが重要だ

第三章

1

夢を見た。

正確には、あの夢の、続きを見た。

見知らぬ男の子の夢。いや、もしかしたら女の子かもしれない。その子は爆弾をたくさん持っていて、それをひとつ、君にも分けてあげるよと言う。

「君にも、これからきっとこれが必要になるよ」

そういう夢。渋谷の事件後、何度も何度も見た夢。その夢の、続きを見た。

いや、続きではなく、違う世界での話なのかもしれない。でも、同じ子だった。間違いなく、同じ彼、あるいは彼女だった。

その子は働いていた。強い陽射し。空中に舞う埃。赤茶けた街と、そこにある灰色の工場。錆《さび》が浮かぶ鉄製のドアから、大勢の大人に混じってその子も出てくる。その子は、その工場の労働者だった。まだ、小学生ぐらいの歳なのに。昼休み。その子の手には、小さな茶色いサンドイッチが一つきり。それを手に、工場の敷地の隅にあるベンチにその子は座る。

「カチリ」

スイッチが入る。爆弾のスイッチ。人の重さで「入」になり、逃げようと立ち上がった瞬間に爆発する。そういう爆弾が、その赤茶けた街では至るところにあるのだ。

工場は大騒ぎになった。

やがて、迷彩服を着た軍人がやってきた。

「オーケイ、オーケイ、もう大丈夫だ」

大柄で筋肉質な体。短く切り揃えた顎髭。赤銅色に日焼けはしているが、それでも美しい白い肌。彼は自分を「爆弾処理のスペシャリスト」と自己紹介した。

「あんた、アメリカ人?」

その子が尋ねる。

「おう」

軍人が答える。

「恋人とか、いるの?」

その子が尋ねる。

「おう。実は、結婚するんだ。ちょっとこの戦争で予定が狂っちまったけど、国に帰ったら今度こそきちんと結婚する」

軍人が幸せそうに答える。

「そうなんだ。お父さんとかお母さんとかは？」

その子が更に尋ねる。

「おう。いるよ。ケンタッキーで牧場やってて健康そのもの。親父は今でも俺より喧嘩が強くて参るよもう」

軍人が明るく答える。その子の座ったベンチの下にある、重力センサー付きの爆弾の解体作業をしながら。

「ぼくにはお父さんがいない。この戦争で死んだ」

その子が言う。軍人は、少しだけ気の毒そうな表情になり、

「そうか」

とだけ言う。目はずっと爆弾を見ている。

「お母さんもいない。弟もいない。妹もいない。みんな、この戦争で死んだ。残ったのは、ぼくとおばあちゃんだけだ。でも、おばあちゃんはもともと病気で、あと一年もしないうちに死ぬ。そうしたら、ぼくは一人ぼっちだ」

軍人は、少しだけ気の毒そうな表情を保ったまま、もう一度、

「そうか」

とだけ言う。目はずっと爆弾を見ている。

「何もかも、あんたたちが勝手にぼくたちの国に入ってきたからだ。勝手に入ってきて、勝手にこの国を無茶苦茶にして、それなのに、ぼく一人を助けて、あんたはヒーローみたいな顔をするのか？」

「え？」

そこで初めて、軍人は自分の手を止めた。驚きの表情でその子を見る。その軍人に、子供は静かな声で言う。

「ぼくだって戦いたかった。戦うチャンスが欲しかった。どうせ生きていてもいいことが一つもないなら、せめて、アメリカ人を誰か一人でも殺して死にたかった」

「おい……」

「ようやく今、そのチャンスが来た。立つだけだ。今ここで立つだけで、ぼくはあんたを殺せる。少しだけ、アメリカに仕返しをしてぼくは死ねる」

「おい！」

爆弾の解体は、まだ全然終わっていない。しかしその子は、今からどこかに遊びに行くかのように、軽やかに立ち上がった。

2

多摩川沿いで見つかった他殺体。その身元はすぐに判明した。

西浩弥《にしひろや》。年齢は三十八歳。川崎を拠点とする半グレ集団の一員で、特殊詐欺、麻薬売買、恐喝など前科七犯。両親を十年前に火事で同時に亡くしているが、この火事についても当初は西浩弥の放火殺人が疑われたという。しかし、物証などが無く立件には至らなかった。親族としては、遠方に嫁いだ姉が一人存命だが、問題の火事の後、保険金の受け取りをめぐって姉弟は対立。そのまま絶縁。長塚と茂木が事件の連絡をした際も、

「は？　遺体の引き取り？　有り得ません！　断固としてお断りします！」

と姉はヒステリックに怒鳴り、そのまま電話を切ったという。

西浩弥に対して、殺人の動機を持ちそうな人物は大勢いた。

たとえば、阿部由吉《あべよしきち》という八十一歳の男性は、九年前に特殊詐欺の被害にあい、西のグループに千八百五十六万円を騙し取られていた。ショックで妻は体調を崩し、ほどなく病死。

「西が出所したら、俺はあいつをこの手で殺す。俺はそのために生きている」

阿部は、近所の居酒屋で泥酔しては、そう大声で言っていたという。一人暮らし。事件当日は、

部屋でひとりでテレビを観ていたと供述しているが、証言者は無し。つまりアリバイは無い。

(しかし……無一文みたいな爺さんに呼び出されて、西みたいな男が多摩川なんかに行くだろうか)

そう長塚は思う。

(そもそも、もうヨボヨボの爺さんが、あんなに手際良く心臓を刺せるものだろうか。背中から、正確な場所をひと突きだぞ?)

嶋田《しまだ》晃則《あきのり》という男もいた。年齢は五十四歳。一人息子が西が当時仕切っていた闇バイトに応募してしまい、個人情報を握られ、脅された末に強盗傷害事件を起こして逮捕。留置場で首を吊った。

「息子はあいつらに殺されたようなもんだ。あいつらが死刑にならないなら、俺が死刑にしてやる」

嶋田は消防士で、大柄な西よりも更に屈強な男だった。彼にもアリバイは無かった。

(でも……やつが犯人なら、なぜ西を一回しか刺さなかったんだ?)

そう長塚は考える。

(俺が嶋田だったら、後先考えず、西を滅多刺しにしただろう。いやいや、その前に、自分の拳であいつを山ほどぶん殴りもしただろう)

笠見《かさみ》春奈《はるな》という女性も、容疑者の一人としてリストアップされた。複数いた西浩弥の愛人の一人。半年前、西に別れ話を切り出して逆上され、顎の骨と鼻の骨が折れるまで殴られた。病院からの通報で警察が事情聴取をしたが、春奈は西からの報復に怯えたのか、

「階段から落ちました」

としか言わなかった。しかし、仲の良い友人には、

「このままだといつか殺される。殺されるくらいなら私から殺したい」

と言っていたという。彼女にもまた、アリバイは無い。

（しかし……）

長塚は首を横に振る。

（それなら、西とヤった後、あいつが寝ている時に刺すだろう）

調べれば調べるほど、容疑者は増えていく。しかし、どの容疑者に対しても、長塚の持つ「刑事の勘」は発動しなかった。

「なんか、この事件、やる気起きなくないですか？」

捜査の途中、立ち食い蕎麦屋で手早く昼食を取っている時、年若い相棒である茂木がボソリと言った。

「だって、西を殺した犯人を捕まえて欲しいと思ってる人、この世に一人もいなくないですか？」

「くだらないこと言ってないで、さっさと食え」

長塚は、茂木の意見を否定しない。確かに、どれほど頑張って捜査をしても、犯人を逮捕して

も、この事件に関しては誰からも感謝はされないだろう。みんな喜んでいる。人間のクズが無惨に殺されて喜んでいる。

猫舌だという茂木を置いて、長塚は一足先に店の外に出る。ポケットから、犯行現場の写真を取り出し、茂木が食べ終わるまでの間、見ることにする。現場百回は過酷なので、長塚は現場写真を百回でその代用にしている。うつ伏せに倒れている男。ブリーチした髪。泥に濡れた右耳に、イヤーカフが三つとピアスが二つ。くの字に曲がった両手。黒いスポーツ・ウォッチ。ド派手に光る素材のジャンパー。背の部分には大きな龍の顔。その龍の顔ごと、深々と突き刺さっているアイスピック。

実はこの写真には、事件解決の手がかりがしっかりと写っていた。だが長塚は、自力でそれに気づくことが出来なかった。

3

『バラバラ殺人事件か？　世田谷区太子堂にて人間の左手首が発見』

そのニュースは、翌日の新聞の朝刊の社会面に載り、ワイドショーでも取り上げられた。発見者の長谷部可也子は、彼女の自宅から半径二百メートルの範囲で超有名人になり、ひっきりなしに近所の人から声をかけられた。どんな風に発見したのかとか、見つけた時にどんな気持ちだったかとか、警察とどんなやり取りをしたのかなど、何度も何度も同じ話をさせられ、そして、すぐに飽きられた。警察からも何の続報の発表もなく、新聞もテレビも、すぐにあの左手首への興味を失くしていった。

だが、可也子本人は違う。彼女にとっては一生に一度あるかないかの大事件だったし、食事をしていても、風呂に入っていても、掃除をしていても、気がつくとあの手首の生々しさを思い出していた。

（早く解決して欲しい）

そう可也子は願った。

（事件が解決すれば、きっと、私だって忘れられるはず！）

そう可也子は自分に言い聞かせた。

そんなある日。朝からあの事件の続報を期待してテレビのニュース番組を観ていると、久しぶりに可也子の携帯がＬＩＮＥの通知音を鳴らした。

「かやちゃん、今日、ランチ行かへん？」

送信者は、須藤遥だった。

「あのな、例の事件、友達の不倫相手の兄ちゃんが警察官でな、こっそりトクダネ教えてもろたんよ」

「行きます‼」

即答して更に、頭上で大きな丸のポーズをしているウサギのスタンプも送った。

十一時半。可也子は、三宿交差点にいた。一階に牛丼チェーン店が入ったビルの五階。夜はバーとして営業するビストロが待ち合わせ場所だった。ランチ・メニューの数は少ないが、三つのアペタイザーの中から一つ+三つのメイン・ディッシュから一つを選んで千五百円。プチ・デザートとドリンクも付いてくる。コスパはまあまあ良い。店に入る。内緒の話がしやすいように、奥のテーブルを希望する。窓からすぐの距離に隣のビルがあり、眺望的にはあまり良い席ではなかったが、ビルとビルの隙間を縫って穏やかな陽射しがテーブルを照らしていた。すぐにカラカランとドアベルが鳴って、遥が入ってきた。清掃ボランティアの時は、いつも髪を後ろでひとつに束ねているが、今日は毛先だけへアアイロンで丸めているようだ。席に着くなり、遥はランチのメニューも見ずに言った。

「まずな。あの左手首の持ち主な。あれ、もう、確実に死んでるって」

「そうなの?」

「うん。生体反応とかいうのが傷口に無いとからしくて、死んだ後に手首が切り取られたことは確実なんやて」

「そう……」

言いながら、可也子は食欲が減退していくのを感じた。バラバラ殺人の話をしながらビーフ・シチューやハンバーグを食べるのはちょっと難しい。

「でな。こっからがマジでトクダネなんやけど、あれ、二十歳の男の手なんやて」

「え？　もうそこまでわかってるの？」

「指紋からな。あの手首さん、前科があってん」

と、そこで、ホールスタッフが注文を取りに来た。

「サーモンのマリネサラダと煮込みハンバーグ。マンゴープリンとコーヒー」

遥が即答する。慌てて可也子もメニューを見る。一番上に書いてあるメニューをそのまま頼む。

と、遥がテーブルに身を乗り出し、声を潜めてトクダネの続きを話した。

「個人投資家で？　仮想通貨で大儲けしたやつらしいんやけど、そのお金で地下アイドルを買ったり、その猥褻動画をネットで勝手に拡散したり、あと、そのアイドルに『暴行懸賞金』みたいなのかけたりして、その子が精神的に病んだことをまたネットで嘲笑したりして？　で、結局脅迫罪で逮捕されて、でもお金で和解したから執行猶予で済んだ的な」

「うっわ。何それ。サイアク！」

「そうなんよ。サイテーのサイアクの悪人なんよ。で、うちらが見つけたのが、そいつの左手首なんやって」

「そうなんだ」

「そうなんよ。ちょっとメシウマじゃない？」

「は？」

「え？　かやちゃんは違うん？」

「……」

可也子は一口水を飲んだ。そして、遥に一つ質問をした。

「そこまでわかってるのに、どうして新聞もテレビも報道してないの？」

「そこなんやけどな」

遥は、ふうっと大きく一つ息をついた。

「それは……教えてくれへんねん」

「へ？」

「うちも何度も訊いたのに、そこは教えてくれへんねん。警察って、緩いのか厳しいのか、ようわからんわ」

「……」

何ともスッキリしない話だった。ただ、殺されたのが「悪い人」だったと知れて、そこは確かに心は少し軽くなった。いや、人が死んでいるのだからこんなことを思うのは不謹慎なのだろうけど、でも、罪の無い良い人が死ぬよりは、金の力でたくさんの非道なことをした男が死んだ方がずっとマシだと思う。そんなことを考えていると、頼んだランチが運ばれてきた。遥がすぐに一口食べる。可也子の前には、根セロリのポタージュ・スープが置かれていた。スプーンですくい、自分の口に運ぶ。程良い甘さとほろ苦さ。と、遥が可也子に笑いかけて言った。

「な？　悪いやつだったってわかると、メシウマやろ？」

4

遅刻参加だった捜査会議を今度は早退し、世田は中野にある東京警察病院にとんぼ返りをした。この病院には、良い思い出が一つもない。自分自身が入院したこともある。それは彼の最初の離婚の大きなきっかけとなった。ストレッチャーに乗って、爆風を浴びた泉大輝が集中治療室に担ぎ込まれるのを真横で見ていた。廊下の長ベンチに座り、高梨真奈美の手術も見守った。その他にも、たくさんの楽しくない思い出がここにはある。が、今日は少しだけ違う。今日は、少しだけ心が軽い。不安な気持ちもゼロではないが、それでも今までとは明らかに違う。

エントランス前の車寄せでタクシーを降り、ロビーを通り抜けて入院棟へ。エレベーターで世田が四階のボタンを押したところで、若い男性が後から走り込んできた。

「何階ですか？」

世田が尋ねる。

「あ、同じ四階です。世田さん」

男が答える。

「本所南署の世田刑事、ですよね？」

見知らぬ男にいきなり名前を呼ばれるのは、あまり愉快な体験ではない。世田は無表情を意識しながら、その男をじっと見た。

「失礼。あなたと会ったこと、ありましたか？」

「あ、すみません。私、警視庁広報課広報第二係の赤尾と申します。世田刑事のこと、お写真では何度も拝見していたので。その、天羽刑事の件で」

赤尾と名乗った男は、感じの良い笑みを浮かべて言った。

「なるほど。ということは、行先も一緒ですかね」

「ですです。天羽刑事が無事で、本当に良かった」

そして、赤尾は笑顔を崩さぬまま、もう一言、付け加えた。

「最後まで、良いニュースのままだと良いのですが……」

「それは、どういう意味ですか？」

「え？　いや、言葉通りの意味ですよ？」

「……」

「私、広報に来る前は、特殊班にも少し在籍していたことがありまして」

特殊班というのは、誘拐や立て籠りなどに対応するチームである。

「私たちがあれだけ必死に捜査をしても見つからなかった天羽刑事。それが突然解放された。あ、解放、で多分合っていますよね？　つまり、犯人側にはこのタイミングで彼女を解放する理由が有ったってことでしょう？　突然改心して人質を解放する犯人なんて、見たことありませんからね」

「……」

「どういう意図なんですかね。天羽刑事が、そのあたりの情報を知っていてくれたら良いのですが……」

「……」

チンッという音がして、エレベーターの扉が開く。四階に着いた。

「どうぞ、お先に」

「開」ボタンを押したまま赤尾が言う。世田は黙礼して先に降りると、赤尾を待たずに廊下を進んだ。フロアの最奥の個室前に、警察関係者らしき男性が二人、立っていた。

「本所南署の世田ですが」

彼らと名刺を交換し、個室のドアをノックする。

「なるべく、短めでお願いしますね」

赤尾が、先ほどと同じような笑顔で言った。その言葉には返事をせず、世田は、スライドのドアを開け、中に入った。

かつて、自分が入院した時と、ほぼ同じレイアウト。天羽史は、ベッドの上で半身を起こした状態でぼんやりとしていた。青いカラコンも、付け睫毛も、真っ赤な口紅も無い。ベージュ色の病衣は、彼女にまったく似合っていない。ウェーブのかかったパープル・ピンクの長い髪だけが、世田の知っている天羽だった。

「よ。元気そうだな」

「そう見えます？」

「見える」

「そうですか？　私的にはほら、休日にいきなり寝過ぎたら逆になんか疲れちゃった、みたいなの、あるじゃないですか。あれに近い感じなんですよね。ダルオモ。でも、もうさすがに寝れないぞっていうか、でもまだ起きたくはないんだよなっていうか」

そう言って、天羽は口を「へ」の字に曲げた。

「あの時は毎日ハードだったからな。たまにはたっぷり寝るのも良いさ」

言いながら、世田は丸椅子を動かしてベッド脇に座る。

「あと、スマホが無いのが落ち着かないです」

「スマホ？」

「はい、スマホ。私、起きたらまずスマホを触って、そのブルーライトでシャキッとするのが日課なのに」

「それ、テレビじゃダメなのか？」

「あー、世田さんはテレビ派ですか。古い世界の住人ですね」


唐突に、世田は、ヤマグチアイコとの会話を思い出した。深夜の錦糸公園。義理の甥っ子のスマホを借りて、アイコと少しだけ話をした。その時の、彼女の最後の言葉。

『さようなら。古い世界の人。せめて、安らかに滅びてください』


天羽は勝手に話を続けている。

「あー、スマホ、スマホ。スマホが欲しいです。で、クラウドから写真フォルダのバックアップと、Google のカレンダーをまず戻したいです。まったくもう」

ポムポムと、天羽は掛け布団を何度か叩く。それから、天羽は世田に質問をした。

「本当に、百日以上も経っているんですか？」

「！」

「私的には、まだ全然夏を満喫してないんです。今年はチャラチャラした水着着て、非番の日は湘南の海でナンパとかもされちゃおうかなー、なんて思ってたんです。なのに、さっきの本庁の人、『世間はもうすぐクリスマスだ』とか言うんですよ?」

言いながら、また天羽は掛け布団をポムポムと叩いた。

「もうすぐかどうかは、個人の主観によるな」

クリスマス、という言葉を聞くだけで、世田は少し憂鬱になる。

「でも、もう冬なんですね?」

天羽は、再び世田を見た。

「まだ秋なのか、もう冬なのかも、個人の主観によるだろうな」

「うん?」

「あの……教えてもらっても良いですか? 私がいない間に起きた十大ニュース」

「あ。あの事件の情報以外で。それについては、落ち着いたらちゃんと捜査報告書、読みますから」

「そうか。んー」

世田は少し考える。正直、天羽と東京ドーム事件の捜査で頭がいっぱいで、他のことにはずっと関心を持っていなかった。テレビは、部屋の無音がストレスな時につけるだけで、真面目に観たことはない。

「よくは知らないが、人気のタレントが何人か結婚した、らしい」

「ち!」

「よくは知らないが、人気のタレントが何人か出産した、らしい」

「け!」

「よくは知らないが、政治家が金を誤魔化したり、秘書を蹴ったりした、らしい」

「は!」

「よくは知らないが、どこかの県で、日本の最高気温の記録が塗り替えられた、らしい」

「ほ!」

「あ。おまえさんの古巣のサイバー捜査課、部に格上げになるらしい」

「世田さん。私に『おまえ』呼びは禁止です」

「おう。そうだったな」

「そうですか。格上げですか。乙川《おとかわ》さんは大喜びですね」

「乙川さん?」

「あー、すみません。私の前の上司です。準キャリアなのにアニメオタクっていう変な上司で、私に『天羽さんには紫の髪が似合うと思うな♡』って言ってくれた人なんです」

「はあ?」

そんな珍妙な人間も警察にはいるのかと世田は驚いた。警察というのは実に大きな組織である。

「他は? まだ五つですけど。ニュース」

「もう無理だ。十個も思いつかんよ」

世田はそう言って両手を上げて降参のポーズをした。それから、世田が彼女に一番訊きたいと思っていたことを、意を決して訊いた。

「で、そっちは何があった？」

「！」

「一体、何があったんだ？」

この質問をされることを、天羽も予期していたのだろう。心を落ち着かせるかのように深呼吸をして、それからまず、

「……世田さんは、信じてくれますか？」

と訊いてきた。

「信じる」

「……」

天羽は、ベッドサイドのミニ・テーブルから、水差しを手に取り一口飲んだ。そして話し始めた。

「まず、勝手に事件関係者に会いに行きました。単独行動です。すみません」

「うん」

「相沢《あいざわ》愛音《あのん》くんと、マクドナルドで一緒にハンバーガーを食べました。そしたら、愛音くんの友達が来て、彼らと一緒に店を出ることになりました」

「うん」

「それで、以上です」

「以上？」

「店を出て歩き始めたところまでは覚えています。で、気がついたらこの病室に寝ていました。すっぴんで、スマホも失くして。以上です」

天羽は、また水を一口飲んだ。そして、

「最悪です」

と付け加えた。

「ちょっと待て。百日以上だぞ？　おまえは百日以上行方不明だったんだぞ？　その間の記憶が何も無いのか？」

「だから、世田さん。『おまえ』呼びはやめてください。『ふみ！』とか、あるいは『ふみっぺ！』とか」

「天羽！」

世田が即座に言い直す。声が少し大きくなり、天羽は少しだけ背筋を伸ばした。

「天羽。店を出てからどこに行った？」

「覚えていません」

「でも、店の前で倒れたわけじゃないだろう？　どこかまでは歩いて行ったはずだ」

「そうなんですけど、店を出た瞬間から、プツンって感じで、何も覚えてないんです」

「……」

「私、怒られますかね？」

「え？」

「だって、百日以上行方不明だったってことは、署内では、かなりの大騒ぎになりましたよね？

なのに、本人何も覚えてないとか、それってめっちゃ怒られますかね？」

「……」

本気で心配している表情で、天羽が世田を見る。その瞬間、世田は、自分の体からフッと力が抜けるのを感じた。

「ま、いいか」

「え？　何がいいんですか？」

「や、よくはない。よくはないが、でもまあ、よいじゃないか。おまえは生きて帰ってきた」

「世田さん？」

「ん？」

「『おまえ』呼びは禁止ですよ」

「おっと。すまん」

世田は律儀に言い直した。

「天羽は、生きて帰ってきた。それに比べれば、あとは些細なことだ」

記憶がプツンと途切れている。背後からいきなり強打されたか、薬を使われたか、世田には良くわからないが、脳に何か電気的なことをされたのか。だが、それを捜査するのはもう、世田の仕事ではない。世田には世田の仕事がある。相棒として、天羽が戻ってきてくれればそれでよい。

そして一緒に、錦糸公園で起きた新たな殺人事件を捜査するのだ。

「世田さんは、たぶん、刑事としては二流ですね。優しすぎます」

世田から顔を逸らせて、天羽が言う。世田は肩をすくめて返事をする。

「二流なのは、前から知ってる」

コンコン、とドアが外からノックされた。そろそろ代われ、という合図だろう。世田は丸椅子から立ち上がった。


帰りは、ＪＲ中野駅まで歩くことにした。

公園。カフェ。ハンバーガーショップ。赤暖簾《あかのれん》のラーメン屋。ベンチに座っているカップル。男の子を肩車している父親。ベビーカーを押す夫婦。牛丼屋。コンビニ。飼い主を引きずるように歩く大きな犬。蕎麦屋。それらをどれも、何とはなしに見ながら歩く。

「そういえば私、精密検査されるそうです。人間ドックみたいなやつ」

帰ろうと立ち上がった世田に、天羽は愚痴っぽく言った。

「それはまあ、仕方ないだろう」

「でも一つだけ、私、もうわかっていることがあるんです」

「え？」

当然、事件に関わることを言うのだと思った。思って、身構えた。

「私、つまむだけでわかるんです」

「は？」

「私、二キロ太ってます！　マジで衝撃です！　勝手に夏が終わってて、秋の連休も終わってて、その上二キロも太ってるなんて最悪です！　残酷過ぎます！」

思い出し笑いをしてしまう。不思議だ。天羽は、本所南署に異動してからの、ごくわずかな時間を共有した相棒に過ぎない。にもかかわらず、自分はこんなにも安堵している。安堵しながら、もう新たな不安に怯えてもいる。

東京都心を横断して、自宅のある錦糸町駅へ。殺風景な部屋に帰る前に、一杯だけ外で飲もうと世田は考える。ゆっくり酒が飲めて、煙草も吸える店。かつての相棒の泉に教えてもらった店しか思い浮かばなかった。駅から徒歩二分。使い込まれた青い暖簾をくぐり、古い木戸を開ける。店は混んでいたが、カウンターにはまだいくつか空き席が有った。店主の宮本《みやもと》は世田を見ると、小窓と換気扇の真下にあるカウンター席を指差した。世田が喫煙者であることを覚えていてくれたようだ。

「何を飲む？」

「今日はビールから」

「瓶しか無いけど」

「それで良いです」

ビールと共に、小鉢が置かれる。つやつやとした茄子の南蛮漬けだった。やや小さめのコップに手酌でビールを注ぐ。グイッと一気に飲み干し、南蛮漬けを齧る。それをじっと店主が見ていた。世田に、訊きたいことがありそうだった。

「泉くんは、最近どうしてるんだい？」

おそらくは、そんなことを。だが店主は、自分からは訊いて来ない。それが彼の、店主としてのルールなのだろう。ビールをまた手酌で注ぐ。湯気のまだ出ている揚げ出し豆腐と、じゃがいもが丸のまま入った肉じゃがが出てきた。この店は、つまみは基本、店主にお任せというスタイルである。

（泉は、恋人と別れて、警察も辞めちまいました）

心の中で、世田は店主にそう報告をする。それから、

（天羽は、頑張れるだろうか）

とも考える。身体の怪我はある程度は治る。爆弾に吹き飛ばされた怪我も、背中から刺された怪我も、泉は治した。だが、心の怪我は治らなかった。

「おまえ、まだドアを開けられないのか?」

泉とこの店で飲んだ時、世田は思い切って彼に尋ねた。泉は苦笑しながら、

「そんなところです」

と、答えた。

「ガラスとかで、向こう側が見えれば大丈夫なんですけどね。あと、中から外も」

では、天羽はどうだろうか。身体は健康そうに見えた。外傷は何も無いと本庁の人間も言っていた。では、心は? 病室でのあの元気を、自分はそのまま信用して良いのだろうか。それから、ふと気付く。

(天羽は、秋山玲子の事件のその後を、何も訊いて来なかったな……)

天羽と共に捜査をした最初の事件。小学校の女性教諭の殺人事件。事件現場は錦糸公園。今飲んでいるこの店から、徒歩で五分で行けてしまう……

「あー、そうだった」

世田の口から、独り言が漏れた。今の事件も、死体の発見は錦糸公園である。世田は、バッグから、捜査資料の入ったクリア・ファイルを取り出した。捜査会議に遅刻した上に、すぐに呼び出しがあり早退までしたので、世田は事件の概要をまだ全然把握出来ていなかった。完全に酔ってしまう前に、必要な情報は頭に入れておこう。そう考えた。肉じゃがを突き崩しながら、被害者のプロフィールから読み始める。

そして、すぐに手が止まった。

驚きで。

捜査資料を読み始めてすぐの場所に、世田がよく知る名前が記されていた。

5

挙式を終え、正式に須永姓となった綾乃は、基樹や参列してくれた友人たちと一緒に奥沢のフレンチ・レストランに移動した。住宅街の中にある小さな戸建てのレストラン。ローズマリーの灌木《かんぼく》と赤いつるバラに囲まれている小さな店。綾乃は渋谷の事件前にその店の紹介記事を雑誌で読み、いつか行こうとページに折り目を付けていた。それで、綾乃のマネージャーとなった和葉が、今回、予約をしてくれたのだった。

参加者三十名ちょうどの結婚披露パーティ。白いワンピースに着替えた綾乃と基樹が上座に並んで座る。基樹が、ずっと小声で実況解説をしてくれる。

「窓が大きめで日当たりが良いよ」

「丸いテーブルが五つ。一つのテーブルにお客さんは六人。大きめのテーブルだから、一人一人のスペースはゆったりあるよ」

「細かな装飾付きの白いテーブルクロスが良い感じだよ」

「乾杯用のシャンパンが今、配られているよ。上品なピンク色。ほら、ここだよ」

そんな感じで、綾乃は右手にシャンパン・グラスを持つ。

乾杯の挨拶。普通こういう役目は、新郎の仕事関係の上司や取引先の偉い人などがするのだろうが、綾乃と基樹が頼んだのは、親友の高梨真奈美だった。真奈美がいなければ、綾乃と基樹の結婚は無かった。だから、最初の挨拶は真奈美にしてもらおう。そうふたりは考えたのだった。

真奈美が挨拶のためにマイクの前に立つ。

「綾乃。そして基樹さん。結婚おめでとう」

その一言だけで、真奈美はいきなり涙で言葉が続かなくなった。

「ごめんなさい。なんていうか、もう今日はずっと朝から胸がいっぱいで」

そう言葉を振り絞るが、真奈美の涙は止まらない。また言葉に詰まる。テーブルの下で、基樹が綾乃の手を握ってきた。綾乃も、目元が少し熱くなるのを感じる。だが、綾乃は泣くことが出来ない。眼球だけでなく、涙腺の機能も損傷をしているからだ。でも、熱くはなる。涙は出ないが、熱くはなる。その熱くなった顔に、冷たいおしぼりを綾乃はそっと当てた。

「あの後……渋谷の事件の後、いろいろなことがあって……それで、私は思いました」

長い長い間を置いて、再び真奈美が話し出す。

「人が生きていくには、光が必要なんだって。基樹さん。これからもずっと、綾乃の光になってください。そして綾乃。わがままなことを言うけど、今、あんたの幸せが私の光だよ。だから、絶対に幸せでいてね。頼むよ。絶対だよ。じゃ、乾杯」

その挨拶に応えて、たった三十人とは思えないほどの力強い「乾杯！」の声が店内にこだました。

パーティが始まる。よくある、新郎新婦のこれまでの人生をまとめたスライド・ショーは無し。綾乃は一緒に観ることが出来ないから。その代わり、友人挨拶の数は多かった。

基樹の友人の相葉亭《あいばとおる》は、

「ふたりが出会った合コンの男性側の幹事は僕でした！　ふたりには一生感謝して欲しいし、その時、女性側の幹事だった高梨真奈美さんは僕と結婚してください！」

と公開プロポーズをした。

「ごめん。私、ちょっと前に彼氏出来たの」

「えー！」

わざとらしく悲鳴を上げる相葉と、小さくガッツポーズをして見せる真奈美。基樹が小声で綾乃に訊いてくる。

「真奈美の彼氏って、あの刑事？」

「そう。刑事さん」

「ストーカーになっちゃうかもとか言ってたのに？」

「そうなんだけど、いつの間にか真奈美の方が好きになってたみたい」

「まじで？」

「まじで」

そんな会話も楽しい時間だった。

☆

その日は、まるで初夏のような陽気だった。

その日、高梨真奈美は、新宿の、とある心療内科クリニックで、ひとりの男性と出会った。出会って一分後、真奈美は、クリニックの入っているペンシル・ビルの階段を駆け降りていた。一階にいるエレベーターを待つよりも階段の方が早いと思ったからだ。新宿通りまで一気に走り、交差点角のドン・キホーテに飛び込む。シャンプーの陳列棚の前にいた女性店員に質問をする。

「すみません。男性用の下着売り場はどこですか？」

「え？」

「男性用の、下着売り場」

「あ、はい。階段を上って、そこから左に二つ目の列になります」

「ありがとう」

階段を駆け上がり、男性用のトランクスをまず一枚、籠《かご》に入れる。近くにあったTシャツと半ズボンも一枚ずつ入れる。ついでに「激安」と手書きされたポップと一緒に山積みにされていたサンダルも一つ籠に入れる。こんなに必要かどうかわからないが、真奈美の好きな言葉は「大は小を兼ねる」だった。多めに買って困ることは無い。更に移動して、タオルとロールペーパーも籠に入れる。色や柄や値段は考慮しない。レジで、それらを全部大きめのビニール袋に詰めてもらい、真奈美は再びクリニックまで走って戻った。

額に、汗が滲んできた。その日は、まるで初夏のような陽気だったから。

ガラス張りのエントランスからエレベーターに乗る。五階までの上りなら、階段よりエレベーターが早い。時計を見る。先ほどの会話から十分ほど経っている。

(自分にとっては一瞬でも、あの彼にとっては長い長い十分間だろうな……)

そんなことを真奈美は思う。

フロアの廊下の一番奥にある共同トイレ。クリニックでの診察前に、鏡で口紅を塗り直そうと考えた真奈美は、トイレのドア前で座り込んでいる男性を見つけた。何度かクリニックの待合室で見かけた男性だった。警官らしいことは知っていた。警官で、真奈美と同じ渋谷の事件の被害者でもあり、PTSDの治療のためにこのクリニックに通っているようだった。彼は、床に出来た薄く黄色い水溜りの中に座っていた。がっくりと首を垂らし、両手で顔を押さえ、肩を震わせていた。ブリーチ・デニムの股のところが、濡れて色が変わっている。

「大丈夫ですか？」

真奈美は声をかける。

「……」

「……」

「……」

男はずっと無言だった。一度だけ、チラリとトイレのドアノブを見た。

（ドアを開けた瞬間、爆発したんだって）

（死んでもおかしくないほどの爆弾だったって）

（警察官も、命懸けだね……）

そんな看護師同士の会話を、真奈美は以前に小耳に挟んだことがあった。

真奈美は、彼の両手をつかんで立ち上がらせた。

それから、トイレのドアを開ける。

「ちょっと、この中で待っていてください。鍵はかけられるでしょ？　私が戻ってきたらまた開けてくださいね」

そして、真奈美はペンシル・ビルの階段を駆け降りたのだ。

第三章

その日は、まるで初夏のような陽気だった。

「埼玉県の熊谷市で、今年初の三十五度超え」

クリニックに向かう山手線の中で、そんなニュース記事をドア上の液晶ディスプレイで見た。エレベーターの中では、立っているだけで汗がどんどん出てきた。真奈美は買ったばかりのドンキのタオルで、自分の顔を軽くポンポンと叩いた。プレゼント用に買ったものだが、このくらいの行為は許されるだろう。クリニックの前を素通りし、廊下を曲がって最奥へ。共同トイレの男性用ドアの前に立ち、ノックした。

カチリと、ロックが外れる音。

「私です。開けますよ」

声をかけてから、真奈美はドアを少しゆっくりめに開ける。男は、尿で汚れたズボンのまま、便器の横に立っていた。

「とりあえず、タオルとTシャツと半ズボンとサンダル。あとパンツね。適当に選んだから、センスがどうとかみたいなクレームは受け付けません」

男は無言のままだった。

「着替え終わったらノックしてください。私がまた外からドアを開けますから」

真奈美が言うと、彼は俯いたまま、

「中から外へのドアは開けられます」

と初めて小さな声で答えた。

「そうなんですか？」

「はい。すみません」

「なんで謝るんですか」

「……すみません」

「だから、なんで謝るんですか！　私も、いましたから！　あの日、あの渋谷のハチ公前に私もいましたから！」

「……」

そして、真奈美はトイレのドアを閉めた。

廊下に残っていた尿を、ドンキで買ったロールペーパーで手早く拭き、ビニール袋に入れて口をきつく縛って捨てる。それから、クリニックに入る。クリーム色の清潔な待合室。診察券を出し、窓の下にある紺色の長椅子に座る。白いブラインドは閉じられていて外は見えない。大きな花瓶に生けられたカラフルな花。小さく流れている有線放送のクラシック音楽。

真奈美は、彼のことを少し考え、それから自分自身のことも少し考えた。

あの日、渋谷で起きたこと。両手を大怪我し、見苦しい傷跡は残ったが、腕の機能自体に問題は起こらなかった。なのに、それから三ヶ月以上過ぎたある日のお昼休憩。社員食堂で生姜焼き定食を食べていたら、急に世界が不鮮明になった。

向かいに座っていた後輩社員が驚きの声を上げた。

「先輩？　どうしたんですか？　大丈夫ですか？」

「え？　何が？」

「何がって……高梨先輩、めっちゃ泣いてますよ？」

「え？」

大粒の涙だった。それは頬をつたい、生姜焼きの上にポタポタと落ちていた。

「わ。本当だ……やだな。どうしたんだろう」

目を触る。ゴミが入ったような感じは無い。痛みも何かが沁みる感覚も無い。ただ、泣いていた。

あれは何だったのだろう。何が、引き金で起きたのだろう。そんなことを考える。

考えながら、もう一度、トイレのドアが開けられずに失禁してしまった彼のことを少し考える。

彼は、診察前だったのだろうか。

それとも診察後だったのだろうか。

診察前だったとしたら、自分ともう一度この待合室で会うことを気まずく思っているだろうか。

それは思っているだろう。

でも、あれは非常事態だった。私も彼も、まだ、渋谷のあの事件以来、非常事態の中にいるのだ。だから、もし診察前だったとしたら、私のことなど気にせずにここに入ってきて欲しい。

そんなことを真奈美は思った。

その日は、まるで初夏のような陽気だった。

その日、彼はクリニックの待合室には入って来なかった。その代わり……数日後、彼女のマンションに、訪ねてきた！

「え？」

場所は高円寺のマンションのエントランス。仕事を終えて帰ってきた真奈美の前に、あの男はいた。今日は、先日と違い、濃紺のスーツに白いシャツ。きちんとネクタイも締めていた。

「あの……こんばんは、高梨真奈美さん」

男が挨拶をする。しかし、自分は彼に名前を教えていなかったはずだ。真奈美は恐怖を覚えて数歩後ずさった。エントランスのガラスドア越しにチラッと管理人室を見るが、夜の七時は既に管理人の勤務時間外だった。

「自分、泉大輝と言います。先日はありがとうございました。それで、その、やはり、お金はきちんとお返ししたいと思いまして」

そう言って、泉は、直角に頭を下げた。

「あの……先日の件でしたら、あれは私が勝手にやったことですから。全然気にしないでくださ い」

真奈美は叫ぶように言う。

「それより、どうして私の名前を知っているんですか？　あと、私の家の住所も」

「あ、や、それはですね……その、すみません」

「は？」

「……」

「どうやって、私の名前と住所を調べたんですか？　場合によっては、私、警察呼びますよ？」

「すみません。クリニックの受付の方に警察手帳を見せて質問したら、勘違いをして教えてくれまして」

「え？」

「自分でも、こういうやり方は良くないとわかっています。ただ……その……」

そして、泉大輝はもう一度、深々と頭を下げた。

「もう一度、あなたに会いたかったんです」

☆

親しい人たちしかいない空間。たくさんの会話と笑い。秋を感じる美味しい料理とお酒。最高の結婚披露パーティだった。会が終わると、須永の両親は茨城に、綾乃の両親は静岡に帰った。そして、綾乃と基樹は新居に帰る。綾乃仕様にフル・リフォームをした新居に。織本プロダクションの社用車である黒いアルファードの後部座席に、綾乃と基樹が乗る。運転するのは和葉。そして、新居でドレスやアクセサリーの片付けや返却の手伝いをするため、真奈美が助手席に座った。夜の九時過ぎ。Wi-Fiを使って遠隔操作で暖房を入れておく。ガレージの開閉も、スマホからのオンライン操作で出来る。車のドアを開けたところから、既に快適な温かさの空気が綾乃を包んだ。

「和葉さん、今日は本当にありがとう」

部屋に入ると、綾乃はまず和葉に感謝を伝えた。式場と披露パーティの会場の予約。出欠の確認。当日の送り迎えや現地での受付。ご祝儀の管理。すべてにおいて、和葉は大車輪の活躍だった。

「素敵なお式でしたね」

そう言ってくれる和葉の声。彼女の微笑みを綾乃は見ることが出来ないが、でもきっと、微笑んでくれているのだろう。

「そういえば、和葉さんって彼氏はいるんですか？」

知り合ってまだ数時間なのに、真奈美がズケズケと尋ねる。

「あー、いないです。私は今、お見合い結婚派なんで」

そう和葉が答える。マグカップをテーブルに置く音。リンゴに似た甘い香り。和葉がカモミール・ティを淹れたのだろうと綾乃は思った。

「お見合い派？」

「だって、恋愛ってなんだかんだ、しんどいことの方が多くないですか？」

「そうかな。まあ確かに、不倫の時はしんどいばっかりだったけど」

真奈美が答える。ハーブ・ティが綾乃の目の前にも置かれる。基樹がマグの持ち手に手を誘導してくれる。その様子を見ていたのか、真奈美がまた和葉に言う。

「でもでも、こうやってスナガンと綾乃がラブラブで結婚したのを見てると、やっぱ恋愛結婚の方が良いなーって思いません？」

和葉がクツクツと小さな笑い声を出した。綾乃の前で和葉が笑ったのは、その時が初めてだった。

「お言葉ですけど、須永さんみたいな人と結婚できるなんて、例外中の例外だと思いますよ？格好良くて、頭も良くて、経済力もバッチリで、その上、自分のことだけ溺愛《できあい》して守ってくれるような男の人」

和葉はそう言いながら、真奈美の前で指折り数え上げたようだ。真奈美は、

「うっ」

と小さく呻き、そして、

「確かになー。スナガンと比べたら、私の彼、だいぶヘタレだよなー」

などと愚痴をこぼした。

「だから私は、お見合い結婚で良いんです。さ、お茶を飲んだら、片付け、始めましょう」

和葉はそう言って、真奈美の始めたガールズトークを打ち切った。

片付け自体は、あっという間に終わった。和葉も真奈美も、仕事に関してはどちらもテキパキ・タイプだったからだ。綾乃は自分の髪をほどき、ひとりでメイクを落としてから、きちんと出来ているかを真奈美にチェックしてもらう。

「うん。バッチリ」

「良かった。手で触るだけでもだいぶわかるようになってきた」

「ん！　良き良き！」

そんな真奈美に基樹が、

「今夜は泊まって行く？」

と声をかけた。

「新婚初夜にそれはさすがに」

真奈美は笑いながら断る。

「真奈美さんは、私が駅まで車で送りますよ」

そう和葉が言う。そして、ふたりはさっさと一緒に帰って行った。ふたりの滞在時間は一時間

も無かった。綾乃は、基樹と並んで彼女たちの車を見送った。音が先に聞こえなくなり、その後、

「もう、見えなくなったよ」

と、基樹が綾乃に教えてくれた。が、そのまま基樹はしばらくその場を動かない。どうしたのだろう。月でも見上げているのだろうか。そんなことを考えていると、突然、彼は言った。

「今日は、ごめん」

「え？　何がごめんなの？」

「式の最中のあれ……あれは俺のせいだ。俺が作ったシステムのどこかに、脆弱性《ぜいじゃくせい》があったんだと思う」

そうか。ずっとそれを気にしていたのか。綾乃は、自分の鈍感さを逆に申し訳なく思った。綾乃は基樹の手を握ると、

「悪いのは私だよ。普通、大事な式の最中は、携帯は切るのにね」

と謝った。

「さ、お部屋に戻ろ。外は寒いよ」

新居の中では、綾乃は健常者のように歩き回ることが出来る。お風呂をためることも出来るし、その後の掃除も出来る。

「お風呂、入る？」

「あー、ちょっとだけ雑用を先に済ませるから、綾乃、先に入ってよ」

「今日も仕事?」

「少しだけだよ」

それで、綾乃は先に風呂に入り、パジャマに着替え、寝室のベッドの上で横になった。

今日一日の出来事を回想する。

ウエディング・ベールを下ろす、その母の手の震え。

バージンロードを一緒に歩いた父の、その組んだ腕の重さ。

基樹がベールをあげて、誓いのキスをした。

指に嵌められる指輪の感触。

その瞬間、自分のバッグの中の携帯が、あのメッセージを再生した。

『被害者ビジネスで名前が売れて、
被害者婚活も大成功して、
本当におめでとうございます!』

両手で、顔を触る。まぶた越し、見えない目の上に、両の掌をゆっくりと置く。ぼんやりと感じていた淡い光が消え、暗い闇が広がる。

(眠ってしまえば良い)

そう綾乃は思った。

（私は、幸せだ。だから今夜も、このまま眠ってしまえば良いのだ）

そう。幸せなことだけを思い返して。たとえば、二次会のこととか。たとえば、両親と静かに抱き合ったこととか。たとえば、つい先ほどの、須永と、真奈美と、和葉と、自分。その四人で飲んだ、楽しくて温かいお茶の味とか。

6

酒をウーロン茶に変え、世田は、資料を最後まで読んだ。

読んでから、もう一度、資料の頭の部分を読み返した。

被害者は、女性。二十九歳。芸能事務所「織本プロダクション」勤務。

文化人タレントをメインで扱う「マネジメント三部」に所属。

担当タレント、須永基樹。そして、妻の須永綾乃。

7

かつてないほどの爽快な目覚め。樋口孝則は、自分の中にまだ昨日の興奮が残っていることを実感した。

（天羽史、生還！）

少し顔を綻ばせながら、樋口は、押上一丁目の自宅マンションを出る。

「今日、燃えないゴミの日だからね！　左のゴミ袋、出してってね！」

同居している七つ歳下の妹が寝室から怒鳴る声が聞こえたが、今朝はそれすら不快に感じなかった。

小春日和。

本所南署まで、徒歩で十三分。樋口は穏やかな陽の光を堪能する。そういえば、いつも陰気な世田とのコンビも、残りあとわずかのはずだ。天羽が復帰すれば、世田の相棒は天羽に戻る。自分は、年齢が近くてノリも合う山田あたりとまた組むことになるだろう。それも良いなと樋口は思う。

四階の刑事部屋に入る。既に世田は来ていて、課長代理の古谷と何やら話をしていた。以前は、若手として世田より早く出勤しようと考えた時期もあったが、樋口はそれをすぐに諦めた。年寄りは朝に強い。若い自分ではとても太刀打ちは出来ない。

「あんまり、良い顔はされないと思いますけど」

そう古谷が世田に言う。

「『一課の事情聴取だけでは不十分だ』……そんな風にこちらが思っていると邪推されますよ？」

世田は少し肩をすくめ、

「でも、彼のことは私の方がよく知っています。一課の連中より」

と答えた。

「私と彼は、あの日、あのレストランで、互いに命を預け合いました。たまには元気な顔を見たいと思っても良いでしょう？」

今度は古谷の方が肩をすくめた。それを了承の合図と受け止めたのか、世田は樋口の方を振り向いた。

「というわけだ。樋口。すぐに出るぞ」

「すみません。自分、今来たばかりで、ちょっと話が見えていません」

「会いに行くんだよ。被害者の関係者に」

世田の指示で、樋口は車を恵比寿に向けて走らせた。目的地は須永基樹の会社である。世田は

しばらく無言で車窓の景色を眺めていたが、やがてボソッと、

「須永への質問は、全部おまえがやれ」

と言ってきた。

「え？　自分がですか？」

「そうだ」

「あの。具体的には何を尋ねれば良いのでしょう？　もう、一通りの質問は捜査一課の方がされているると思いますが」


「同じで良い」

「はい？」

「一課の連中が須永にしたのと全部同じ質問で良い」

世田は外を見たまま答える。

「ちなみに……そのココロはなんですか？」

世田の機嫌を損ねないよう警戒しつつ、樋口はおずおずとした口調で尋ねる。世田はそっけない口調でこう答えた。

「別に。ただ、見たいだけだ。あいつの顔を」

須永基樹は自分の会社には居なかった。倉田という秘書が、

「今日は、織本プロダクションで打ち合わせがありまして」

と言って、住所まで教えてくれた。警戒心の無い、良く言えばおおらかな、悪く言うと情報管理に少し難がある秘書に見えた。恵比寿から、織本プロダクションのある南平台までは車ですぐだった。全面鏡張りのスタイリッシュなファサード。エントランスは、三階部分まで吹き抜けになっている。ワンフロア五百坪超の二十八階建てオフィス・ビル。その十五階に織本プロダクションはあった。芸能一部（俳優）、芸能二部（お笑い・バラエティ）、そして文化人三部が合同で広いメイン部分を使用し、それ以外に大会議室が一つ、少人数用のミーティング・ルームが三つ、社長用と役員用に応接室が一つずつある。世田と樋口は、役員用の応接室に通された。革張りのソファに並んで座って待っていると、五分ほどして、須永基樹が年配の男を連れて入ってきた。

「高瀬と申します」

言いながら、年配の男は名刺を出してきた。「織本プロダクション　マネジメント部　役員高瀬博《ひろし》」と印字されている。

型通りの「お悔やみ」の言葉をまず述べる。

「私たちも大変なショックを受けています。どうして彼女がこんな目に……」

そう高瀬が首を横に振りながら言う。須永も小さくうなずく。それから彼は、

「お久しぶりですね、世田さん。お会い出来て嬉しいです」

と、ニコリともせずに言った。嬉しそうな雰囲気は微塵も無かった。

「君も、元気そうで何より」

世田が答える。こちらも、再会を喜んでいるという気配は薄かった。須永と高瀬が、ロー・テーブルを挟んだ向かい側に座る。

「会議を抜けて来ておりますので、恐縮ですが、手短かにお願い出来れば幸いです」

高瀬が慇懃《いんぎん》な声で言った。世田がチラリと樋口を見る。(始めろ)という意味だろう。樋口は背筋を伸ばし、質問を始めた。

「では、早速ですが……亡くなられた杉原和葉さんは、どういう方でしたか?」

「杉原さんから、仕事や私生活で、何かトラブルを抱えているとか、巻き込まれているとか、そういった話を聞いたことはありませんか?」

「杉原さんが、須永さんのマネージャーになった経緯を教えていただけますか?」

「杉原さんが須永さんをご担当されていた期間はどれくらいですか?」

「杉原さんは、奥様の綾乃さんのご担当でもあったそうですが、須永さんと杉原さん、綾乃さんと杉原さんのご関係は、それぞれ円満でしたか?」

これらはすべて、前日に捜査一課の刑事が須永にしたのと同じ質問である。世田は、メモひとつ取らず、ただじっと須永と高瀬を見ている。

「これは、関係者の方全員に必ずお伺いしている質問なのですが……、一昨日の夜九時から翌一時くらいの間、須永さんはどこで何をしていましたか?」

一昨日の夜九時から翌日の深夜一時。それは被害者・杉原和葉の死亡推定時刻である。

「それも昨日、捜査一課の刑事さんにお話をしていますが」

須永はそう前置きしてから答えた。

「その日は疲労が溜まっていたこともあり、早めにベッドに入っていました」

「それを証言してくださる方はいらっしゃいますか？」

「妻の綾乃ですね。身内の証言に意味があるかどうかは知りませんが」

「奥様はまだ起きていらっしゃった？」

「はい。寝る前に少し会話をしました。子供の次のミルクの時間は何時なの？　とか。いつもありがとう、とか。そんな他愛もない会話を」

「そうですか」

そこで一度、樋口は質問を止めた。捜査報告書によれば、一課の捜査員は昨日、それ以上の質問をしていない。高瀬が少しわざとらしく腕時計を見た。そろそろこの会合を打ち切りたいのだろう。が、高瀬が口を開く前に、須永が違う話を始めた。

「世田さん。ひとつだけ、私からも質問をして良いでしょうか？」

なぜだろう。須永の瞳の奥で、何かが少し煌めいたような印象を樋口は受けた。世田が手振りで「どうぞ」と答える。須永が口を開く。

「世田さんは、彼女と話をしましたか？」

「彼女？」

世田が、言いながらスッと目を細める。

「綾乃さんのことなら、まだ会いに行っていない。高梨真奈美さんとも、事件後に連絡は取り合っていない」

答える世田のことを、じっと探るように須永は見ていた。須永の質問にどんな意図があるのか、樋口にはわからなかった。不自然に長い沈黙の後、須永は言った。

「そうですか。なら良いです」

「？　何が、良いのかな？」

今度は、世田が聞き返す。須永はまた、じっと探るように世田を見た。

☆

それは、夜明け前。世界が最も暗い時間帯に、来た。須永の携帯電話が小さく震えて電話の着信を教えてきた。画面を見る。

「アイコ」

そう表示されている。番号は出ていない。ちなみに、須永は自分で手動で登録した番号以外からの着信は常時拒否という設定にしている。そして「アイコ」という名前で番号を登録したことは一度も無い。では、なぜこの携帯は、今、着信を知らせるために震えているのだろうか。それも、電話をかけるのにとても不似合いな時間帯に。

「もしもし」

須永は電話に出た。

「おはようございます、須永基樹さん。私はアイコと言います」

知っている声が聞こえてきた。短時間ではあるが、一度、直接この声を聴いたことがある。この声の持ち主が死ぬ瞬間も見た。夜のレインボーブリッジの上で。なので、今自分が聴いている声は「ディープ・フェイク」と呼ばれる技術の成果なのだろう。

(動揺する必要は無い)

須永は自分に言い聞かせる。仕事がら、こうした技術について須永の知識は人並み以上にある。

「あなたは誰ですか？　こんな時間に何の御用ですか？　まだ、午前四時ですよ？」

「ああ、すみません。でも、須永さんが起きていらっしゃるのはわかっていましたから」

さらりとアイコが答える。

(なるほど。ネットか)

そう須永は考える。

(自分がネットで検索をしているのをどこかで傍受しているのか)

使用しているブラウザに脆弱性があるのか。検索エンジンから監視する方法があるのか。それとも、もっと原始的な方法だろうか。この家をどこからか監視していて、須永の書斎にずっと電気が点いていることを視認していたりとか。

「ちなみに、何アイコさんですか？」

念のため、須永は相手に尋ねてみる。

「ただのアイコです。元々は私は『ヤマグチアイコ』という女性の思考をトレースし、再現をする存在でしたが、既にその段階は卒業してしまいましたので、今は、よりシンプルに『アイコ』とだけ名乗らせていただいています」

「……」

相手の説明がすぐには理解出来なかった。何から質問をすれば良いのかも判断が付かなかった。かといって、イタズラ電話として自分から切ることも出来なかった。なので、須永は時間を稼ぐつもりで次の質問をした。

「なるほど。で、そのアイコさんが、こんな時間に私に何の御用ですか？」

「あなたから、教わりたいと思いまして」

「は？」

「私は人間ではありません。知能はありますが、人としての感情をまだ持ちません。なので、学習のためのデータが必要なのです」

「君が何を言いたいのか、ぼくにはわからない」

須永はあえて冷ややかに答えた。

「簡単な質問に、ひとつ、答えていただければ良いだけです」

相手の会話のトーンには、何の変化も無い。

「私は、須永基樹さんがずっと探している相手を知っています」

「え？」

「結婚式での音声メッセージ。音楽フェスの夜のTwitter。あれは、誰からなのかと。誰が、どうやって、やったのか。その答えを、私は知っています」

「！」

「なので、私からの簡単な質問というのはこれです」

そこまで話すと、アイコと名乗る音声は、少しだけ間を置いた。これからする質問の効果を高めるように。まるで、人間のように。

「犯人が誰か教えてあげると私が言ったら、あなたはそれを聞きたいですか？」

8

音楽フェスティバル『Voices for Change』当日。織本プロダクションの少人数用のミーティング・ルームの一つは、須永綾乃の臨時へアメイク室となっていた。メイク担当の女性が、持参した白い木枠の大きな鏡を壁に寄せたテーブルの上に立て掛け、その前に綾乃を座らせた。杉原和葉は、邪魔にならないようドア付近にパイプ椅子を置き、そこから作業を見守っていた。

音楽フェスの方は、もう開場が始まっている。ここまで、トラブルの報告は無い。ちなみに、夫である須永基樹は、役員応接室で待機している。そこには大画面LEDモニター、カメラ、照明、マイク、オーディオ・インターフェイスなどの機材と、そしてメイク後に綾乃が座る白革の一人掛けソファが既にセットされていて、田所《たどころ》というイベント・ディレクターが、最終のチェックをしているはずだ。

鏡越し、綾乃の顔の傷跡がよく見える。額と、こめかみと、頬と。そこにメイク担当の女性が、化粧水、オレンジ色の下地、それからファンデーションを何色も重ねていく。

「すごくお綺麗ですよ」

チークのパレットを開き、それを自分の親指の付け根に試し塗りしながら、メイクの女性は言う。

「実は私も、綾乃さんが病院で撮られたあの動画、見たんですよ」

「え？　そうなんですか？」

「はい。すごく勇気のあるご発言だと思いました。私、感動しました」

「そんな……あ、ありがとうございます」

綾乃の照れたような笑顔も、鏡越しに和葉にはよく見えた。

（幸せだと、人はこういう笑顔をするのね……）

そんなことを心の中で思う。

「それに、あの動画がきっかけで今日があるわけじゃないですか。それって、もう、本物の奇跡ですよね。そんな奇跡に、こうして私も関わらせていただけるなんて、すっごく感動です！」

いつになく饒舌《じょうぜつ》なメイクの女性の様子に苦笑いしつつ、和葉はチラッと時計を見る。

「そろそろ、移動したいのですが、どうですか？」

「はい。あとは口紅を塗るだけで終了です」

それを聞いて、和葉は立ち上がり、自分が座っていた椅子を片付けた。そして、自分の仕事用の黒の大きなスクエア・トートと、綾乃のハンドバッグの両方を一緒に肩にかけた。わざと、大きめの音を立てながらドアを開けて、待つ。やがて、綾乃が右手を床と水平に突き出す。その手を柔らかく取り、和葉は綾乃と一緒に廊下に出た。

☆

人生は、思いもよらぬ出来事の連続だ。

モニターのスクリーン・セーバー映像。空撮された大雪山。陽射しに輝く雪の針葉樹林。生成《きな》り色の冬毛をしたペアのキタキツネが、その林の中を駆け回っている。そんな映像を見ながら、須永基樹は別のことを考えている。

「赤ちゃん、出来たみたい」

「え?」

「昨日、和葉さんに産婦人科まで連れて行ってもらったの。三ヶ月だって」

「え?」

そんな会話をしたのが、昨日のことだ。

ちょうど一年前に、渋谷のハチ公前広場で爆弾が爆発した。

翌日、ずっと探していた実の父親が死んだ。

綾乃と婚約し、結婚し、あっという間に今度は自分が「父親」という立場になった。

人生は、本当に、思いもよらぬ出来事の連続だ。

と、ドアがノックされ、和葉と綾乃が入ってきた。

「お待たせしました」

綾乃は、部屋で待機していた役員の高瀬、イベント・ディレクターの田所、そしてこれから新米のパパとなる須永に挨拶をした。

「おお！　綾乃さんはいつもお綺麗ですが、今日は特に特に良いですね！　これはもう、世界じゅうが綾乃さんに熱狂すること、間違い無しですね！」

高瀬が、大きな声で褒めそやす。綾乃は少し苦笑いをして言い返す。

「私は、ほんのちょっと出演するだけのゲストですよ。世界から賞賛されるのは、イサクさんです」

須永は、綾乃の手を和葉から受け取り、彼女を優しく白革のソファに座らせる。

「では、リハを兼ねて会場と回線を一度お繋ぎしますね」

そう田所が言う。そしてすぐに、モニター画面が雪林のキタキツネから、音楽フェスの野外会場に切り替わった。

画面の左半分は、会場の実景。国立競技場のセンターステージと、それをぐるりと囲むオールスタンディングのアリーナ席。すり鉢状に広がる円形のスタンド席。そのスタンド席を覆う屋根が途切れた先には、楕円形の夜空が広がっている。既に、客席は満員のようだ。

画面の右上部には、競技場の方の控え室。ここが、綾乃の映像をステージ上のスクリーンに映すコントロール室にもなるという。画面にイサクがひょこっと顔を出した。シンプルな白いシャツに、控えめなダメージのジーンズ。既に彼はステージ衣装に着替えているはずだが、須永には近所のスーパーに行く普段着にしか見えなかった。イサクが綾乃に手を振る。まだ映像だけで音声は繋がっていないらしく、彼の声は聞こえない。

「イサクが手を振っているよ」

そう須永が綾乃に教える。綾乃がすぐに、正面に向かって笑顔で手を振る。画面の右下部は、この応接室で綾乃に向けられたカメラの映像がモニターされていて、画面の中でも綾乃が笑顔で手を振るのがクリアに見えた。

と、音声が繋がった。

「アーヤーノー♪　アーヤーノー♪」

優れたボーカリストというのは普段の声から魅力的だ。自分の妻がそんな人間と親しいということに、須永は誇らしい気持ちを覚える。

「アーヤーノー！　アー・ユー・ナーバス？」

「ノー！　アイム・オンリー・エキサイティング！」

(綾乃。その英語は、ちょっと間違っている気がするぞ……)と心の中でひとりごちながら、須永も少しだけ画面に入り、イサクに挨拶をする。数分間、やり取りをしたところで、田所がまた回線をオフにした。

「間もなく、開演です。綾乃さんがオンラインで登場するのは、三曲目と四曲目の間になります。そして、その四曲目が、イサクさんが綾乃さんのために作った新曲になります」

高瀬がハンカチで額の汗を拭う。

「綾乃さんはすごいな。私はさっきから緊張で汗が止まらないよ」

綾乃は楽しそうに微笑み、

「見えない方が、却って度胸がつくのかもしれませんね」

と言った。

その時だった。

しばらく部屋の隅でスマホを触っていた和葉が、須永の背中をトントンと小さく叩いた。振り返ると、和葉は暗い表情で、自分のスマホ画面を須永に見せてきた。

「？」

それを受け取り、見る。それは、Twitter の投稿画面だった。

「被害者ビジネス、大成功！」

そして、庭付きの戸建ての家の写真。

それは、須永と綾乃の家だった。半年以上かけて綾乃のためにリフォームをした家。まだ、住んで一ヶ月と少しの新居。この家のことは、ごく近しい関係者にしか教えていない。なのに、なぜ、それがTwitterに出る？　それもご丁寧に、大田区西嶺町という地名のタグまで付けて。

怒りでカッと顔が熱くなった。

文面から、犯人は、結婚式を台無しにしたあの音声メッセージの送り主と同一人物だろう。そう考えて、今度は逆に心が氷のように冷えるのを感じた。

（なるほど。これが、そうか）

とある感情を、須永は、かつてないほど明確に意識した。

（これが「殺意」というやつか……）

9

須永基樹はTwitter社に誹謗中傷アカウントの開示請求を行った。細々とした事務的作業は、マネージャーである杉原和葉がすべて代行した。が、犯人は元々彼の行動を予測していたらしく、個人の特定には至れなかった。

年が明けて1月。そして2月。

23日になるたび、誹謗中傷の書き込みは行われた。

3月。そして4月。

書き込みには、綾乃の人格を傷つけるだけでなく、彼女の生活の安全を脅かすような、個人情報の曝露も含まれていた。織本プロダクションは、誹謗中傷トラブルに関する専門家を複数人須永に紹介したが、彼らは有効な対処方法を見つけることが出来なかった。

5月。そして6月。

綾乃のお腹が大きくなってきた。須永は、妻子の安全を考えて引っ越しを検討するが、物件の下見をしている自身の写真をネットに晒されることになった。私立探偵を雇い、自分に尾行がついていないか、家を監視している者がいないかを調べさせた。が、怪しい人間を見つけることは出来なかった。

須永は、毎月、23日が近くなると、体調の不良を感じるようになった。

10

「何が、良いのかな？」

音楽フェスで綾乃が中継映像で出演したのと同じ役員応接室。その場所で、世田は須永に、も

う一度同じ質問をした。須永はしばらく黙っていたが、やがて、無表情のまま、

「実は、ここのオフィスに杉原和葉さんの私物が少し残っていましてね」

と、世田の質問とは嚙み合わないことを言った。

「すぐに世田さんたちとも情報は共有されると思いますよ。でも、自分は今、その話をしたい気持ちではありません」

「？」

須永が何を言いたいのか、世田には理解出来なかった。須永は高瀬という男をチラリと見る。

「すみません。あまり長時間は外せない会議でして。今日のところはこのくらいで切り上げていただいて良いでしょうか？」

高瀬が切り出す。

「それと、刑事さん。奥様の綾乃さんのところには、こんな風に押し掛けないでくださいね。彼女は今回の事件のことで、本当に大きなショックを受けています。彼女の心を守ることも、私たちの仕事のひとつです。綾乃さんとのお話をご希望される場合は、必ず私どもを通してください。よろしくお願い申し上げます」

慇懃だが、高圧的な高瀬の声音。同意して良いのかわからず、樋口は世田を見る。が、世田はただ黙っているだけで、何らかの身振り一つしなかった。

「では、失礼します」

須永は立ち上がった。そして、小さく頭を下げると、そのまま応接室を出て行った。

11

少し早いクリスマス・プレゼントに、『iPhone 7 Plus』を奮発した翌日。彼女は、自社が制作会社として入っているお笑い番組の収録立ち合いで、終日、川崎市多摩区にあるテレビ局のスタジオにいた。彼女は当時、とても神経質な芸人を担当していて、コントの本番日に彼の前で携帯を鳴らすのはご法度だった。なので、渋谷の事件について、彼女はリアルタイムに知ることは出来なかった。

二十時。二時間押しの夕飯休憩。彼女は担当の芸人を楽屋に残し、スマホを持って吹き抜けのロビーのベンチに座った。

「ハチ公前に着いた！　すげえ盛り上がってる！　はーちゃんからもらったこの iPhone で、爆益クリスマス間違い無し‼」

そんなＬＩＮＥが恋人から入っていた。なぜ「ハチ公前」なのか。何に「すげえ盛り上がってる」のか。同じタイミングで休憩に入った撮影スタッフの一人が、

「で、無事なのか？　娘は無事なのか？」

と、顔面蒼白で電話をしているのが見えた。それからも、後から後から携帯を手にしたスタッフたちが飛び出してくるので、何やら良くないことが起きたのかもと彼女は気がついた。電車か飛行機の事故だろうか。録音助手の女の子が、猛スピードでＬＩＮＥを打ちながら歩いてきた。摑まえて質問してみる。と、彼女は真顔で、

「よくわからないんだけど、テロがあったみたい」

と言った。

「え？　テロ？」

「うん。渋谷のハチ公前で」

「！」

慌てて、江田龍騎からのＬＩＮＥをもう一度読む。

「ハチ公前に着いた！　すげえ盛り上がってる！　はーちゃんからもらったこのiPhoneで、爆益クリスマス間違い無し!!」

（まさかね。そんなこと、あるわけないよね……）

そう心の中で呟きながら、彼に電話をかける。繫がらない。電源が入っていないのか、それとも、docomo回線がパンクしているのか。「今どこ？」とＬＩＮＥを送る。しばらく凝視していたが、既読は付かない。渋谷ハチ公をキーワードに検索する。Twitterのトレンドは、既に爆弾テロに関するワードで埋め尽くされていた。動画も写真も無数に上がっている。見るに堪えない。

手が震える。心臓の鼓動がどんどん速くなる。彼に電話をかける。繋がらない。ネットニュースで速報記事を読む。テレビのニュース番組をキャプチャした動画も多数流れている。病院が映る。エントランスに殺到する救急車たち。担架から降ろされる怪我人。看護師が泣きながら被害者の乗ったストレッチャーを押していた。そこが、代々木第一病院だということを知る。彼に電話をかける。繋がらない。彼に電話をかける。繋がらない。彼に電話をかける。繋がらない。エントランスに、スタジオと最寄りの私鉄の駅をずっと往復しているシャトル・バスが入ってきた。気がつくと、彼女はそれに飛び乗っていた。

新宿。山手線は運行していなかったが、中央線と総武線は動いていた。千駄ケ谷駅で降り、そこから、Googleの地図アプリを頼りに代々木第一病院まで走った。病院のエントランスは、怪我人と、怪我人の家族や友人、そしてマスコミと野次馬とでカオスの状態だった。この中から、どうやって江田龍騎を探せば良いのか。絶望したくなるのを必死に振り払い、近くを走っていた看護師を強引に摑まえる。

「すみません、江田龍騎という人は搬送されていないでしょうか?」

似たような質問を既に何度もされているのだろう。看護師は顔を歪めて答えた。

「申し訳ありません、怪我をされた方のリストは無いんです。なので、お調べすることは出来ません」

看護師は、頭も下げずに走り去った。スマホを取り出す。龍騎へのＬＩＮＥに既読は付いていていない。彼に電話をかける。繋がらない。病院の中に飛び込む。廊下を走り、すべての病室を無遠慮に覗き込む。誰も彼女に注意しない。似たような行為をしている人間と何回もすれ違う。いない。江田龍騎はいない。病院の外に出て、もう一度、彼に電話をかける。繋がらない。「docomo」「パンク」で検索をする。事件直後には回線がパンクしたらしいが、今はもう復旧しているとネットに情報が出ていた。彼に電話をかける。繋がらない。彼に電話をかける。繋がらない。なぜだ。わからない。彼に電話をかける。繋がらない。彼女は、西池袋にある龍騎のマンションに向かうことにした。タクシーが摑まりそうもなかったので、千駄ケ谷駅までまた走った。山手線が動いていないので、四ツ谷から地下鉄丸ノ内線に乗った。池袋駅からはまた走る。龍騎のマンションに着いた時、時刻は二十三時を少し回っていた。

「エレベーター有りのマンションより、家賃が一万以上安いんだよ」

そう龍騎が自慢げに言っていたのを思い出す。最上階の四階まで駆け上がる。インターフォンを押す。中からは何の反応も無い。合鍵でドアを開ける。灯の消えた部屋。ＬＤＫとは名ばかりの狭いリビング。主人のいない赤いカウチだけがポツンと彼女を見ていた。龍騎はいない。電話をかける。繋がらない。電話をかける。繋がらない。そのまま彼女は、朝までそこで彼の帰りを待った。朝まで、彼女からのＬＩＮＥは未読のままだった。

翌日は、クリスマス・イブだった。

朝の八時。彼女は、会社に休暇の連絡を一方的に入れ、上司の言葉を最後まで聞かずに電話を切った。そのまま部屋で待つ。昼になり、夕方になり、夜になる。と、彼女の携帯が鳴った。表示されている市外局番から、それが龍騎の実家なのではないかと彼女は思った。電話に出た。予想通りだった。電話の向こうには、龍騎の父親がいた。そこで彼女は、渋谷区の商工会議センターの住所を告げられた。そこは、病院ではなかった。渋谷のハチ公前広場で死んだ人たちのための、簡易の遺体安置所だった。

（人違いに違いない。人違いに決まっている……）

そう心の中で繰り返しながら、彼女は商工会議センターに行った。一階の大会議室前。制服警官がふたり、並んで立っていた。

「どなたをお探しですか？」

「江田龍騎です。私たち、付き合っているんです」

警官は書類を確認し、彼女を中に案内してくれた。真冬の会議室は、冷蔵庫のように冷えていた。彼女の先を歩く警官が、とある簡易ベッドの前で立ち止まる。

「遺留品がいくつかありまして、私どもはこの方が江田龍騎さんではないかと考えております。ご確認、お願いします」

彼女は、シーツを少しめくった。白に近い金髪。涙が出た。一度、シーツを戻してから、もう一度、勇気を出してシーツをめくる。遺体が現れる。が、その顔は無惨に潰れていて、彼女には彼だと断言が出来なかった。

（金髪の男なんてたくさんいる。龍騎とは限らない。間違いかもしれない）

そう思いながら、彼女は、ベッド脇の小さな台を見た。黒のモバイルバッテリーに、見覚えのある二つ折り財布。そして、iPhone 7 Plus。一昨日、彼にあげたクリスマス・プレゼント。液晶画面には無数のヒビ。その上には、赤黒い血がべっとりと付いている。

「やる以上は、死ぬ気で頑張ってよね」

一昨日、彼女は彼に言った。

「俺、死ぬ気で頑張るよ。はーちゃんからもらったこのiPhoneで、めっちゃ面白い動画を撮りまくるよ」

彼はそう答えた。そして、死んだ。彼女からのクリスマス・プレゼントを、顔面にめり込ませて死んでしまった。


三日後。江田龍騎の葬儀は執り行われた。その日まで彼女は会社を休み、翌日から出勤をした。上司は、詳しいことを尋ねて来なかった。担当していた芸人も、突然彼女がスタジオから帰ったことを何も責めなかった。家族を亡くした人。友人を亡くした人。直接の知り合いは無事だったが、知り合いの大事な人が亡くなった人。爆弾テロの傷跡は、社会の至るところにあった。

仕事に集中することでメンタルのバランスを保とう。彼女はそう考えた。なので、猛然と仕事をした。欠勤の埋め合わせという名目で、年末も年始も出勤した。

そして、あの日。

年明けから数日が経ったある日、彼女はあの動画を見た。テレビ局にタレントの営業をしに出かけて、アシスタント・プロデューサーをしている若い男の子からこんなことを言われたからだ。

「そういえば、杉原さん。あの動画、見ました?」

「動画?」

「今、めっちゃバズってるらしくて。テレビに出せたら、数字、あるのかなって。あと、同じ女性から見て、彼女の好感度ってどうなのかなって。ちょっと見てみて、感想教えてもらえませんか?」

男の子は言いながら、動画のURLを彼女に送ってきた。再生する。病院。両目に包帯を巻いた女性が、誰かのインタビューに答えていた。

やがて、とても静かな声で、その女性は言った。

「私は、犯人を憎みません」

インタビューをしている男が、

「え? 犯人を、憎まない?」

と、大袈裟な声を出した。が、女性の方は、静かな雰囲気のままだった。

「はい。私は、犯人を憎みません」

次の瞬間、彼女は自分のスマホを床に投げ捨てていた。怒りのあまり、涙が出てきた。

（……綺麗事を言いやがって！）

その言葉が、心の中で何度もこだましていた。アシスタント・プロデューサーの男の子が、緊張しながら彼女のスマホを拾う。それを受け取りながら、

「ごめんなさい。あの、ちょっと立ちくらみしてしまって」

そんな辻褄の合わない言い訳をしながら、彼女はその場所を離れた。

（ふざけやがって……偽善女！　あんな綺麗事を言いやがって！　おまえは生きてるから、そんな綺麗事が言えるんだ！）

それは、彼女が初めて経験する、どす黒い感情だった。それは、夜になっても、翌日になっても、さらに何ヶ月か時間が経過しても、まったく弱まることが無かった。やがて彼女は、社内の会議で、とある音楽フェスの企画について知った。発起人はイサクという世界的な人気アーティスト。しかもそのイサクは、あの動画の偽善女にとても興味を持っているという。

彼女の中に、ひとつのアイデアが生まれた。

彼女は会議後、上司の高瀬にこう提案をした。

「その印南綾乃さんという女性をスカウトしませんか？　ちょうど新しく、文化人部も出来るわけですし。彼女に所属してもらえれば、イサクの音楽フェスにも絶対にプラスですよ？」

そして、さらに力強く、彼女はこう付け加えた。

「契約が成功したら、印南綾乃さんのマネージャーには、是非、私をお願いします」

D is the key
Dこそが重要だ

第四章

1

米島涼香《よねしますずか》は、六本木駅の大江戸線の長いエスカレーターを上りながら、さりげなく今夜の自分をチェックした。外巻きと内巻きをミックスさせたゆるふわの髪。赤いピンヒールのついた、黒のルブタンに、黒いマーメイドワンピース。

（素晴らしい。私は今夜も完璧だ）

そう心の中で言ってみる。だが、涼香のテンションはいつものようには上がらなかった。

地上に出る。六本木交差点の向かい側にあるマツキヨの前に、涼香のストレスの元が立っているのが見えた。青と緑、それにピンクのインナーを入れた、ユニコーンのたてがみのようなヘアスタイル。テロテロの素材の紫のシャツに、デニム素材のダボついたサロペット。ご丁寧に、右肩のベルトだけをだらしなく外している。どういうセンスなのか。ここから店まで、あの女と一緒に歩くのかと思うとゲンナリする。

（信号が、永遠に変わらなければ良いのに……）

そんなことを思いながら、ユニコーン女を見つめる。と、ユニコーンはいきなり、近くに立っていた男に話しかけた。手振りからして、タバコをねだっているようだ。火を貸して、では無い。タバコをくれ、だ。赤の他人に。浮浪者か、おまえは。しかも、あっさり断られている。なんてみっともない女だろうか。

ちなみに、涼香とユニコーンは、同じ国立大学に通っている。

先月、涼香が幹事のギャラ飲みで、たまたま女子のドタキャンが重なったことがあった。多少レベルが下がっても、人数は絶対に揃えなければならない。それで、たまたま涼香の近くの席で背中を丸めてノートを取っていたユニコーンに声をかけた。ルックスその他いくつも難はあるが、女子大生であることに変わりはない。女子大生、というだけで喜ぶ男は多い。ちなみに、その時の女はユニコーンのような頭では無かった。やけに長さが不揃いな黒髪だった。どこの美容院に行ったのかと質問をしたら、

「お金がもったいないから自分で切った」

と言われて仰天した。

「一時間付き合ってくれたら、タクシー代一万円。二時間付き合ってくれたら、一万五千円」

簡潔にシステムを説明する。

「男の人たちはどんな人？」

「ＩＴ系とか、投資家とか、経営者とか、代理店とか」

「ふうん」

女は数秒考え、

「ＩＴ系がいるなら、ダメ元で一回は行ってみようかな。あ、でも、時間は一時間で。多分、二時間は無理だから。雰囲気が合わなくて」

と言った。本当に変な女だ。金がなくて、自分で自分の髪を切るような女が何を言っているのだ。彼らの年収は、最低でもあんたのアルバイト代五万時間分くらいはあるんだぞ。そう言ってやろうと思ったが、やめた。どうせ一回限りの人数合わせなのだ。

だが、信じられないことに、その夜の飲み会で一番場を盛り上げたのはその女だった。

（高級フレンチばっかり食べてる人が、吉野家の牛丼に感動する感じかしら）

そう考えて、涼香は悔しさを紛らわせた。まさか、次もあの子を連れて来てとまで言われるとは思わなかった。

信号が変わる。横断歩道の途中で、ユニコーンも涼香に気がついた。近づいてくる。化粧が濃すぎると思う。これから小汚いライブハウスに出演するパンクバンドの女ボーカルのようだ。涼香の視線に気がついたのか、

「メイク、濃いだろって思ってるでしょ」

と、ユニコーンの方から言ってきた。

「ちょっとね。先に、どこかで直す？」

そう涼香が言うと、ユニコーンはアハハハと声を上げて笑った。

「良いの良いの！　私、好き勝手な見た目が出来る自由を満喫してるの！」

「は？」

「子供の頃は、親が許してくれなかった。命令通りの見た目になっていないと殴られた。高校の時はバイトが禁止で、お金が許してくれなかった。ようやくなの。ようやく今、少しずつ好き勝手が出来るようになったの。あー、好き勝手って最高♪」

そう言って、女はピョンピョンと六本木通りをスキップした。ユニコーンが履いていたのは、ノンブランドの紫色のスニーカーだった。

駅から七分ほど歩いて左折。狭い路地に入ってすぐの右手に、看板が一つも出ていないシンプルなビルがある。

「中は、会員制のラウンジなの」

自分が会員な訳ではないが、涼香は少し自慢げに言う。が、ユニコーンの方はそれには全然興味は無いようで、自分の携帯で時刻を確認し、(この女は腕時計を持っていない)、そして、

「今から一時間だから、八時五分までね」

と帰る時間の念押しをしてきた。

インターフォンを押し、ラウンジの係員に男側の代表者の名前を言う。オートロックの重い鉄の扉が開く。エレベーターで三階に。コンクリが剝き出しの壁に天井に床。窓はあえてひとつも無い。黒革のソファと、ガラスのロー・テーブル。著名な空間デザイナーがセッティングしたという、凝った間接照明の数々。

珍しく、黒部《くろべ》が時間通りに来ていた。アルトコインと呼ばれる仮想通貨の開発をいくつも手がけていて、本人曰く、「資産は百億円以上ある」とのことだ。「仮想通貨って、株と違って『インサイダー取引』の規制が無いんだよ。だから、儲け放題なんだよね。興味あるなら、今度、うちで個人レッスンしてあげようか？」というのが、黒部の定番の口説き文句だった。

ここの飲み会は、男と女が交互に座るのがルールになっている。涼香は黒部の右に座り、ユニコーンは左隣に座った。

飲み会開始からそろそろ一時間が経とうとした頃、黒部がユニコーンに言った。

「キミってさ、本当に変わってるよね」

「どこがですか？」

本気で心外だと思っているかのように、ユニコーンが問い返す。

と、涼香の右隣の経営者が、

「彼女になりたいとか思わないの？　俺ら、まあまあモテるんだけど。若いし、頭も良いし、お金もまああるし」

と戯《たわ》けた口調で割り込んだ。ユニコーンは「うはっ」と笑い声を立てただけで、何も答えずに目の前のカナッペを口に放り込んだ。黒部が、素材の良し悪しを確かめるかのように、ユニコーンのテロテロの紫シャツの裾を摘んで擦る。

「青春をきちんと楽しむのに、ギャラ飲みのタクシー代だけじゃ足りなくない？」

真顔で黒部はユニコーンに言う。

（本気で口説くつもりなの？　この女を？）

涼香は少し緊張する。ユニコーンが現れる前までは、黒部は自分が落とせるものだと涼香は思っていたからだ。

「なるほど。皆さんの誰かの彼女になると、お金もついてくるわけですね」

ユニコーンは、口に残ったカナッペの屑をビールで喉に流し込みながら質問した。向かい側正面の経営者が、

「たとえば、今夜、俺たちの中から誰かひとり選ぶとしたら、誰？」

と尋ねる。もしかしたら、彼らは事前に賭けでもしてるのかしら。あの変な女を誰が落とせるか、みたいな。ユニコーンの左隣の投資家が、

「あ、俺、めっちゃ上手いよ！　あれ」

と言いながら、彼女の肩に手を回した。

「一回ヤったら、おまえ、多分、メロメロに……！　痛ッ」

脇腹に強めの肘打ちをされて、投資家は肩に回した手を引っ込めた。

『おまえ』呼びはやめてください。それ、母親の口癖だったんで。あと、次に触ってきたら、顔を殴りますよ？」

「ヤバいわ。本気で燃えてきた」

男たちがそんなことを言う。

「ちょっとー。私たちもいるの、忘れてません？」

別の女性が、黄色い声で抗議をする。が、男たちは全員ユニコーンだけを見ていて、涼香も他の女も、自分たちが透明人間になったかのような感覚になっていた。ユニコーンは、一つ、小さなため息をついてから言った。

「実は私、性欲は強いんですよ」

「おー」

男たちが一斉に声を上げる。代理店が、

「じゃあ、たまには、大勢で♪」

と提案し、

「やだー」

と、別の女が黄色い声で無理に笑う。男たちも笑う。が、ユニコーンだけはつまらなそうな表情のままだった。

「ただ！」

大きめの声で、ユニコーンはみんなの笑いを遮った。

「私、セックスはお金を払う側でいたいんですよね。皆さんから抱かれる側ではなくて、皆さんみたいな男たちを、気分気分で取っ替え引っ替え、金とか権力で抱ける女になりたいんです。なので、今はまだ、皆さんとはヤれないですね」

全員が、ポカンとした表情になった。数秒の静寂。やがて黒部がクックッと笑い始め、

「キミって……本当に面白いね」

と、言った。そして、体を完全にユニコーンに向け、

「ちなみにさ。彼女じゃなくて、嫁、だったらどうなの？」

と、彼女を見つめた。

「嫁、的なことも視野に入れつつ、まずは体の相性から確認とか」

ユニコーンはそれも鼻で笑った。

「光栄ですけど、私、結婚はしないんです。私の遺伝子を私のところで断ち切ることが、私の人生の宿題なんで」

そして時計を見る。

「あ。五分オーバーした」

立ち上がる。

「今日もご馳走様でした！　私、就職試験のための勉強があるんで、お先に帰ります！　あ、タクシー代、ください。五分オーバーはおまけします」

そう言いながら、黒部に手を突き出す。黒部は、財布から一万円札を出しつつ、最後の質問をした。

「タクシー代をもらうのはＯＫなの？」

「そこはほら。理想と現実って言うか。どこまでは妥協してどこからは戦うのかって言うか。あ、私の人生のモットーは、『当意即妙』『臨機応変』『国に政策あれば民には対策あり』です」

「なんだ、それ」

「じゃ、失礼します」

ユニコーンは、黒部からタクシー代を受け取ると、あっという間に帰っていった。

「あんな女、採用する企業あんの？」

そう代理店が小声で呟いた。黒部が初めて涼香の方を振り向いた。

「あの子、どこ狙いなの？　就職」

「そんなに興味あるの？　あの子に」

「ただの知的好奇心だよ。で、どこ？」

涼香は屈辱感を覚えながらも返事をした。

「国家公務員。第一志望は警察だって」

2

「俺は、爆弾処理班の人間だ。俺は、あんたの国の人間を一人も殺していない。それどころか、もう十三人もあんたの国の人間の命を助けている」

そう、アメリカ人は言った。それに対して、嘲るような声でその子は答えた。

「ぼくだって、簡単な算数はできる。何万人も殺しておいて、十三人助けたところで何になる？」

「俺がやったんじゃない。俺はそもそも戦争には反対なんだ」

「あんたがやったことじゃなくても、あんたの国がやったことだ。あんたたちが選んだ政治家がやったことだ」

「俺には、待っている恋人がいるんだ」

「ぼくにはもう誰もいない」

夢の中で、綾乃は走っていた。見知らぬ男の子に向かって。いや、もしかしたら女の子かもしれない。それはどちらでも良い。わかっているのは、その子が立てば爆弾が爆発するということだ。その子は死に、アメリカ人も死に、このまま走り寄れば綾乃も一緒に死ぬということだ。両手を広げてその子にダイブする。アメリカ人が悲鳴を上げながら地面に突っ伏す。子供が、軽やかにベンチから立ち上がる。綾乃は両の手でその子を抱きしめると、強引にベンチの上に押し戻した。

「やめよう」

綾乃は言う。

「こんなこと、やめよう。この人を殺しても、何にもならない」

「そうだよ。何にもならない。でも殺すんだ。殺されたら、その倍は殺す。そして、その倍の命を殺されたら、更にその倍を殺す。そうやって、ぼくたちは、全員死に絶えるまで戦争を続けるんだ」

「だから、それをやめよう。殺されても、殺さない。そうしよう。私もそうする。やられてもやり返さない。殺されても殺さない。どんなにひどいことをされてもやり返さない。そうすれば、もしかしたら、運命を変えられるかもしれない」

子供は、冷ややかな視線で綾乃を見た。そして、吐き捨てるように言った。

「あんた、バカ？　そんなこと、できるわけないじゃないか」

言われて、ズキリと胸が痛んだ。その子の言う通りな気がした。そんなこと、出来るわけがない。わかっている。綾乃だってそう思う。しかし、口からは違う言葉が出た。

「できるよ」

その子は即座に言い返す。

「できない」

綾乃も言い返す。

「できるよ」

その子がまた言い返す。

「できない」

その言い合いを何度繰り返しただろうか。やがて、綾乃は叫んだ。

「なら、賭けをしよう！」

「え？」

「賭けをしよう。私は目覚める。私はこれから目覚める。右目も左目も失って、美しい陽の光も、風の色も、愛しい人の顔も見つめられない世界に私は目覚める。でも、私は憎まない。復讐してやるとか思わない。ずっと、誰も、憎まない」

その子は最初は驚き、それからゆっくり、綾乃を憐れむような表情を浮かべた。そして、自分より小さな子供に言い聞かせるような優しい声で言った。

「そんなことは、絶対に、無理だ」

その子の絶望の深さに、涙が出てきた。現実の世界では、もう二度と流せない涙が。

その涙をグイッと拭って、綾乃は言った。

「だから、それを賭けよう。私が、この見えない両目のままでも、人を憎まずにいられるかどうかを賭けよう。もし私が負けた時は、その時は、君は立ち上がって爆弾で死ねばいい。アメリカ人はこの子を銃で撃てばいい。ふたりとも、ここで死ねばいい。でも、私が勝ったら……私が勝ったら……その時は、君には違う人生を歩んでもらうから！」

3

7月7日。雨。
東京都恵比寿にある厚生中央病院で、須永綾乃は男児を出産した。

4

織本プロダクションを出た世田と樋口は、玉川通りの信号が青に変わるのを、ふたり並んで待っていた。乗って来た車は、通りを挟んで向かい側のコイン・パーキングに停めてある。
「彼、ずいぶん陰気な男なんですね」

樋口がボソリと言う。

「そう見えたか？」

「ええ。とっても」

三年前、共に行動した時の須永基樹を世田は思い返す。あの時、須永は人を殺しそうな目をしていた。人を殺しそうな目。そして、その気持ちを隠さない目。ある意味それは、純粋で濁りの無い目でもあった。刑事としては認められないが、ひとりの男としては嫌いな目ではなかった。

では、つい先ほどまで一緒にいた須永基樹はどうだったか。

（あんな、暗い目をした男だったか？）

そう世田は自問する。

（あんな風に、濁った目をした男だったか？）

信号が青に変わる。横断歩道を渡り出す樋口の背中を見ながら、世田はポケットから携帯を取り出し、コール・ボタンをクリックした。

「もしもし」

コール二回で相手が出たのと、樋口が横断歩道の途中でこちらを振り返るのがほぼ同時だった。

「世田さん？　うわあ、お久しぶりです」

高梨真奈美の声は明るく弾んでいた。

「いやいや。そんなに久しぶりじゃないよ」

「あれ？　そうですか？　前にお話をしたの、すっごく前の気がするんですけど」

「や、まだ二ヶ月も経ってないよ」

「あれ？　そうでしたっけ？」


世田が最後に真奈美に会ったのは、一ヶ月半ほど前の秋分の日だった。東京は未だ三十度超えの真夏日だった。昼食の匂いが微かに残る病院の廊下を、世田はハンカチで汗を拭いながら歩いた。ほぼ同時期に入院した泉大輝の代わりに、世田は真奈美の見舞いには可能な限りたくさん来たいと思っていた。が、事件関係者が次々と失踪し、天羽史も行方がわからなくなり、東京ドームでテロが行われるのではという疑いが強くなり……捜査に忙殺されていた世田が実際に見舞いに来られたのは、わずかに五回だった。その五回目が秋分の日だった。

「バカなことを言うな！」

その日、自分でも驚くほどの大声を、世田は真奈美にぶつけてしまった。

「渋谷の事件の後、君がどれだけ懸命に生きてきたか、俺は知っている。君の存在が、どれだけ泉を、そして間接的には俺や、あの事件に関わった多くの警官たちを救ってくれたことか。だから頼む。バチだなんて言わないでくれ」

「……」

「綾乃さんも、君も、泉も、ただの被害者だ。誰も、何も、悪くない」

「……」

沈黙したままの彼女。そして、世田は羞恥で全身が熱くなった。偉そうに俺は何を上から目線で言っているのか。自分は五体満足のくせに。渋谷のハチ公前広場。白金の染谷家。どちらも俺は真奈美と一緒だったというのに。


「ま、どのくらい前でも、世田さんの声が聞けたのは嬉しいです」

そう真奈美は明るく話を続ける。

「メールにするべきか迷ったんだが、今は電話をして大丈夫だったのかな？」

「はい。ちょうど、授業が一つ終わって外に出て来たところだったんです。ナイス・タイミングでした♪」

「授業？」

「あー、実はそうなんです。今、私、なんと大学生やってるんですよ！　って言っても、本物じゃなくて、特別聴講生ってやつなんですけどね」

「そうだったんだ。それは素晴らしいね」

「ありがとうございます」

横断歩道の信号が点滅を始める。世田が動かないので、怪訝な顔をしながら樋口はまたこちら側に戻って来た。

「ところで、真奈美ちゃん。可能なら、今から少しだけ会えないだろうか？」

「え？」

「三十分くらいで良いんだけど」

「あ、はい。このあとすぐにもう一つ講義があるんですけど、その後はお昼休みなんで、その時なら」

「ありがとう。大学のキャンパスはどこ？」

「北千住です」

チラリと時計を見る。十時四十分。

「わかった。じゃ、北千住の駅で待っているから、授業が終わったらまた電話をくれるかな？一緒にお昼ご飯でも食べよう。ご馳走するよ」

「やった。ありがとうございます。了解です」

電話を切る。質問してこようとする樋口の口を手で制し、

「一箇所、寄りたいところを思い出した。悪いが、今日はここで別れてくれ」

と先に宣言をした。

「はい？　まさか、須永の奥さんのところ、勝手に会いに行くつもりですか？」

「いや、違う。プライベートだ」

「プライベート？」

「サボりってことだよ。なので、おまえはおまえで、適当にどっかでサボっててくれ。たまには、そういう日があっても良いだろう？」

世田はそう言って樋口の肩をポンポンと叩き、ひとり、渋谷駅に向かって歩き始めた。

玉川通りから、道玄坂の緩やかな下り坂に。やがて、リニューアルをしたハチ公前広場に出る。立ち止まり、辺りを見回す。テロ被害の痕跡は、もうどこにも無い。再建された二代目のハチ公像は、東京都知事が「平和の象徴」だと税金を湯水のごとく使って宣伝をするので、今は、地方からの旅行者や外国人観光客たちに人気のフォト・スポットとなっている。あの日と同じ場所から、ハチ公の銅像を見る。鼓動が速くなることも、冷や汗のようなものをかくことも無い。自分はおそらく、鈍感な人間なのだろう。

ハチ公の銅像に首輪が付いていないことを確かめ、世田はその場を離れた。

地下鉄、銀座線。真奈美から『きっと世田さんの方が到着は先ですよね？　なら、駅じゃなくて、お店で待ち合わせをしませんか？　その方が、コーヒーとか飲んで待っていられるし』という文面とともに、待ち合わせ候補の店の場所の地図が送られてきた。『ありがとう。そうしよう』と返事をする。北千住駅。東口を出て下町の商店街を進む。真奈美が指定した店は、最初の四つ角の右手。この店なら、どんなに方向音痴の人間でも迷わずに来られるだろう。深緑色の外壁に、飴色の木枠の大きなガラス窓。ドアを開けると、チリチリンと涼し気なドアベルが響く。店の右手にはカウンター。左手には四人掛けのテーブルが四つ。ランチタイムの開始前だったおかげで、世田がその日の最初の客のようだった。奥の席に座り、ブレンド・コーヒーを頼む。

「ランチの待ち合わせですか？」

店主が訊いてくる。

「でしたら、このコーヒーは、ランチのセットのコーヒーということにしておきますね。ちなみに、お代わり自由なのでたくさん飲んでください」

良い店だと思った。良い店で、ひとりで、あるいは、大切な誰かとコーヒーを飲む時間は格別だ。そしてまた、世田は須永のことを思い出した。

（あいつはどうだろうか。結婚生活は幸せだろうか。あいつもきちんと、こういう時間を持てているだろうか……）

十二時五分。

窓の外に、真奈美の姿が見えた。一緒に歩いてきた学友と手を振って別れ、店内から自分を見ている世田に気がついて、今度は世田に手を振った。小走りに店内に入ってくる。

「お待たせしてごめんなさい」

真奈美は、右の肩にかけていたトート・バッグを椅子の上にするりと落とし、その隣の席に座った。水色のトレーナー。右の袖口からは、何も見えなかった。真奈美は世田の視線に気づくと、

「あ、義手、今はちょっとやめてるんです」

と、ごく自然な口調で言った。

「前につけてたのは、ただ単に外観を補うための装飾義手だったんです。でも、見た目だけの問題なら、実はあんまり意味無いかな、重いだけかな、なんて思いまして」

「そうなんだ」

「そうなんですよ。私も前は全然知らなかったんですけど、義手にもいろいろあって、関節の力を使って動かすやつとか、筋肉の電気信号で動く『筋電義手』っていうのもあって、それだと、ちゃんと練習すると、指や手首も動いちゃうぞ、みたいな？　それって、もう、普通の手じゃん！　みたいな未来もすぐそこにあるんだぜ！　みたいな？　そういうのをいろいろ調べてるうちに、今通ってる大学の、先進工学部ロボティクス科ってやつを見つけまして」

「そうなんだ」

「そうなんですよ。で、通い始めたら、なんか私ひとりおばさんで」

「いやいや。そんなこと無いだろう。さっき、通りを歩いてくる真奈美ちゃん、大学生にしか見えなかったよ」

「え？　世田さんって、そういうお世辞が言える人でしたっけ？」

「え？　いや、全然、お世辞じゃないんだけど」

そんな話をひとしきりした。店主に少し急《せ》かされて、慌ててランチを選んで注文をした。店主が調理のために厨房に引っ込むと、真奈美が少しだけ声のトーンを落として質問してきた。

「世田さんが急に来たのって、もしかして、綾乃のことですか？」

「！」

ガラスコップの水を、まず一口飲む。

「最近は、綾乃さんと連絡は取ってる？」

「はい。直接はなかなか会えないですけど、毎日のように連絡は取ってますよ」

「そうなんだ」

と、真奈美は少しだけ、世田の方に身を乗り出した。

「世田さん。訊きたいことはストレートに訊いてくれて良いですよ。私にとって世田さんは、綾乃や須永くんや泉さんと同じカテゴリーですから」

「え？　カテゴリー？」

「はい。『戦友』っていうカテゴリーです」

そう真奈美は、悪戯《いたずら》っ子《こ》のような笑顔で言った。つられて、世田も苦笑いをした。

「ありがとう。実は、須永くんと綾乃さんの夫婦について、知ってることがあったら教えて欲しいんだ。特にその……ネガティブなことを。何かトラブルを抱えていたとか。誰かと揉めていたとか」

真奈美は、答えを言う前に、ひとつだけ質問をしてきた。

「綾乃から昨日、『急にマネージャーさんと連絡が取れなくなった。そのことを基樹さんに尋ねたら、ちょっと受け答えの感じが変なんだ』って聞きました。世田さんが今日来たことと関係ありますか？」

正直に答えることにした。

「ある」

真奈美の表情が少し曇った。

「世田さんって殺人課ですよね？」

「正確にはそういう呼び名ではないけれど、まあ、似たようなものだ」

「まさか、和葉さんが、ですか？」

正直に答えることにした。

「そうだ。今日か明日には、記事になると思う」

「！」

真奈美は、少しだけ息を呑んだ。

「杉原和葉さんとは、会ったことがある？」

「はい。一度だけですけど」

「どんな人だった？」

「仕事が出来る人。過去に恋愛でちょっと拗《こじ》らせた人。有能だけど、お友達にはちょっと難しいかな。私には」

「友達になれない理由は？」

「や、それはただの勘です。でも、とってもお仕事は出来る方で、綾乃も須永くんも、すごく助けられていたと思います」

「……」

それから世田は、結婚式での音声メッセージ読み上げの事件や、音楽フェスの夜にＳＮＳに投稿された新居の外観写真のこと、その後も毎月23日になると誹謗中傷や個人情報曝露の投稿が続いたことなどを真奈美から聞いた。

「須永くんは本業がとても忙しいから、開示請求とか削除請求とか、可能な限り和葉さんが代行してくれてたみたいですよ。でも、ああいうのって、なかなかきちんとは解決しないんですよね……」

「そうなんだ……」

相槌を打ちながら、世田の脳裏では須永の言葉がリフレインしていた。

「実は、ここのオフィスに杉原和葉さんの私物が少し残っていましてね」

「すぐに世田さんたちとも情報は共有されると思いますよ。でも、自分は今、その話をしたい気持ちではありません」

あれは、まさか……そういうことなのだろうか。

と、そこで、世田の携帯が震えた。画面を見ると、発信者は天羽だった。世田は、真奈美に「すまん」と小さく手を上げ、その場で携帯に出た。

「もしもし」

「天羽です。今、三十秒だけ良いですか？」

「大丈夫だ。今は昼休み中だ」

（長くなるようなら店の外に出よう）と思いながら、世田は答えた。

「じゃ、一分だけください。実は私、本所南署には復帰しないことになりました」

「え？」

世田が、まったく予期していない話だった。

「先ほど、人事の方とお話をしまして。で、今回、こんなことになってしまい、正直、現場の刑事の仕事にビビってる自分がおりまして」

何かにビビっているようには全然感じられないような声で天羽は言った。

「で、話し合いの結果、私、本庁のサイバー捜査課にいったん出戻りということになりました」

「……」

「ほら、この前、世田さんも言ってたじゃないですか。来年度から、サイバー捜査課はサイバー捜査部に格上げが決まったって。実はそれで、サイバー捜査課の中に、『サイバー捜査部準備室』っていうのが出来るらしくて、めっちゃ人手不足なんですって。海外との捜査連携とかが施策の目玉らしくて、システムのこともわかるし英語もそれなり以上の人間が必要って……あ、世田さんには言ってませんでしたっけ。私、ＴＯＥＩＣの成績めっちゃ良いんですよ。大学の奨学金ゲットに必要だったんで。あー、それでですね。天羽が出戻りを希望するならサイバー捜査課としてもぜひ受け入れたいって、前の上司の乙川さんも言ってくれているらしくて……」

「そうか……」

「すみません。中途半端な相棒のまま終わってしまって。世田さんにだけは、自分から直接伝えたいと思いまして」

「や、それが天羽の希望通りなら、俺はもちろん応援するよ」

「はい。私の希望です。今まで、ありがとうございました」

そして、電話は切れた。世田はまだ驚いていた。天羽が戻ってこない。いや、犯罪者に拉致をされたのだ。百日以上行方不明だったのだ。それ相応の心の傷があって当然だ。なのになぜか世田は、天羽なら大丈夫と思っていた。そして、それは間違いだったことを、今、知った。

「大丈夫ですか？」

と、真奈美が訊いてきた。自分で自覚している以上に、いろいろと表情に出ていたようだった。

「天羽史を覚えてる？　染谷家で、君を助けた刑事だよ」

「あー！　あのド派手な女性の刑事さん！」

「人事異動でね。俺の相棒で外を駆け回る仕事から、また本庁の内勤に戻ることになった」

「そうなんですか」

「あいつは優秀だからね。うちの署にとっては痛手だけど、その分、本庁はきっと大喜びだろう」

　そう言って、平然を装うための苦笑を世田は浮かべてみせた。真奈美は、そんな世田の顔をじっと見ていたが、突然、別の話を始めた。

「世田さん。最後のお見舞いで、私に怒鳴ったこと、覚えてます？」

「え？　あ、や、うん。もちろん」

「正直に告白しますけど、あの時の私、世田さんの言葉を『綺麗事じゃん』って思ってました」

「！」

「励まそうとしてくれる気持ちはとても嬉しかったけど、でも心のどこかで、『それでも綺麗事は綺麗事だよね』って思ってました。『悪いことの後には良いこともあるよー』とか、そんな風には絶対に思えなかった」

「……」

「なのに今、私、これまでの人生で一番毎日が充実してるんです。二回も爆弾で吹っ飛ばされて、片腕失くなって、結婚すると信じていた人もいきなりいなくなって、なのに私、今、人生で一番毎日が楽しいんですよ。信じられます？　人間ってすごくないですか？　これは絶対世田さんには報告しなきゃって、思ってたんです。なので、今日は本当にナイス・タイミングでした」

　そして真奈美はまた、悪戯っ子のような笑顔を世田に向けた。

「だから、大丈夫です。天羽さんも。そして、世田さんも」

「え？」

別の話では無かったようだった。何をどう真奈美が推測したのか、世田にはわからなかった。ただ、真奈美は真奈美なりに、世田を励まそうとしていることは理解できた。ちなみに、最後の一言は世田は言った記憶が無かったが、あえてそれは訂正しなかった。

「じゃ、私、次の授業があるんで。世田さん、次は晩ご飯をご馳走してください」

そう言って、真奈美は立ち上がった。

「うん。必ず行こう」

世田も立ち上がる。二人分の会計をしながら、真奈美と会ったら訊こうと思っていた最後の質問をした。

「ところで、その後、泉から連絡は？」

真奈美は小さく肩をすくめ、そして、頬を膨らませて言った。

「そんな度胸、やつにあると思います？」

そして、その後に「でも……」と、笑顔で付け足した。

「でも、大丈夫です。彼も、いつか必ず立ち直ります。私、そのことだけは、１００パー信じてるんで」

5

真奈美と別れてすぐ、世田は樋口に電話をかけた。

「樋口。おまえ、今どこにいる?」

「渋谷の本屋です」

「本屋?」

「ええ。いきなりサボれって言われても、どうサボって良いかわからなくて。それで、昇進試験の参考書でも探そうかと思いまして」

「真面目だな」

「でも、普通の本屋には全然そんなの無くて、で、結局、サーフィンの雑誌を読んでました」

「え? おまえ、サーファーだったのか?」

「いえ、違います。興味があるだけで、まだ、やったことはないです」

「なんだ、そりゃ。まあ、良い。合流して一緒に署に戻ろう。バラバラに帰ると、おまえら外で何してたんだってことになるからな」

「了解です」

待ち合わせ場所は、錦糸公園ということにした。地下鉄に乗る。たまたま、私立中学生の集団と同じ車両になった。抜き打ちで小テストがあった直後らしく、「ヤバいよ」「死んだ」「やり方がエグいよ」などと愚痴り合っている。女の子たちの鞄からは、似たようなチェーン・マスコットがぶら下がっていた。背中に大剣を背負った戦士たち。今、流行《はや》っているコミックスかアニメだろうか。今は、女の子もこういうアニメを観るのだろうか。あとで樋口に訊いてみよう。それから、夏に甥っ子とファミリーレストランに入った日のことを思い出す。あの頃は『ツリー・ブランチ』という作品が大流行していたが、テロの標的となり、その後、大きく失速したと聞いている。

「子供騙しだよね」

小学生の甥っ子は言っていた。その彼の声を、世田はまだ良く覚えている。

錦糸公園は、立ち入り禁止の措置が解除されていなかった。しかし、現場保全のための制服警官も既に見当たらなかった。その中途半端さにため息をつきながら、世田は黄色い規制線を越えて中に入った。カラフルな遊具のちびっこ広場。赤いすべり台に緑色のジャングル・ジム。オレンジ色の屋根に登り棒が付いた複合遊具。その向こうに、杉原和葉が遺体で発見されたベンチ。現場を荒らしてしまわないよう、少し離れた場所のベンチに座る。捜査資料に添付されていた写真と、現場の雰囲気を見比べる。仰向けに倒れている和葉。濃紺のジャケットにグレーのパンツ。

血痕が付着していない地面。側に落ちていた黒の肩掛け鞄。驚いたように見開いた目……と、突然世田は、強い引っ掛かりを覚えた。あの渋谷の事件が脳裏で次々とフラッシュ・バックする。砂塵と噴煙に覆われた街。とあるビルの一室で光った何か。スクランブル交差点を走り、そのビルの非常階段を駆け上がった。四階の右から二つ目の部屋。ドアの鍵の部分に銃弾を二発撃ちこみ、更に全力でそのドアを三回蹴った。銃を手にしたまま中に飛び込む。窓際のビデオカメラ。その前にいた若い男。彼は泣いていた。そして、彼は言った。

「だから、言ったのに……これは戦争なんだって言ったのに!!!」

そして彼は、手を世田に向かって突き出した。

「これ、爆弾ですよ……」

あの時のあれは……あれは、まさか……

と、そこで、世田の携帯の着信音が鳴った。樋口だろうか。着信画面を確認する。かけてきたのは、江東署の刑事の安藤だった。

「世田さん。いつも急で申し訳ないのですが、今から会えませんか?」

「大丈夫です。実は、ちょうど私も、あなたに問い合わせのお電話をしようとしていたところでした」

と、安藤は、こう返事をしてきた。

「もしかして、世田さんが気になっているものも、あれですか? 被害者が身につけていた……」

「！」

世田は、今すぐ江東署に向かうと返事をした。樋口はまだ着いていない。電話をしたが、電車の中なのか、留守電になってしまった。仕方が無い。

「すまん、樋口。やっぱり、もう少しサボっていてくれ」

そうメッセージを吹き込み、世田は錦糸町の駅に戻った。

6

北区の王子駅から徒歩十二分。石神井川からすぐの白い七階建てマンション。笠見春奈はもうずっと、その二階の一ＬＤＫの部屋に引き籠もり、朝から夜までテレビの情報番組ばかりをつけていた。見たいのは、多摩川の河原で殺された西浩弥の事件の続報。と、それは、引き籠もり生活の何日目だっただろうか。珍しく、玄関のインターフォンが鳴った。春奈はのろのろと立ち上がり、玄関のドアスコープを覗いた。何日か前にも訪ねて来た地元の所轄署の刑事がふたり、並んで立っていた。

「なんですか？」

ドアを開け、つっけんどんに言ってから驚いた。所轄署の刑事たちの後ろに、あと三人も人が立っていたからだ。年齢不詳の、何とも言えない美しさのある女性。その女性をガードするように立つ、柔道かレスリング歴のありそうな若いゴリマッチョな女性。そして、スーツ姿のくたびれた中年男。なんと、全員が刑事だと言う。

「何人で来ても、話すことなんかもう無いですけど」

春奈がそう言うと、所轄署の刑事たち……確か、長塚と茂木と名乗っていたと思う……が、何故か背後の女性刑事の方を振り返った。彼女は、とても心地の良い声で春奈に話しかけてきた。

「今日は、あなたに改めてご確認いただきたいことがあって、やって来ました」

「はい？」

「実は、警察のルールとしてはちょっと違反なんですけど、でも私、あまりルールを守るタイプではなくてですね」

そんなことを言いながら、刑事たちは春奈の部屋に入ってきた。

「長塚刑事。お願いします」

長塚と呼ばれた男は、躊躇いながら、懐から一枚の写真を取り出した。が、まだそれを裏向けたままだ。女性刑事がまた春奈に尋ねてくる。

「調書、拝見しました。春奈さん、その西という男、殺したいと思ったことはあったとか」

「？　ええ、まあ。でも、私は殺してないですよ？」

「あ、はい。それは私たちも信じてます。そうではなくてですね。殺したいと思っていたのなら、ちょっと見てみたくはないですか？　その男が死んでいるところ」

「え？」

「かなりショッキングな写真で、彼を愛していた人に見せるには忍びないのですけど、あなたは違うんですよね？　西から脅されたり殴られたりひどい目に遭わされていただけで、彼のことを愛していたわけじゃないですよね？」

「え……ええ、まあ」

しれっとした顔で、まあまあ毒舌な女だなと春奈は思った。でも、そんな写真、あるなら見たいと彼女は思った。愛していないと言い切る自信は無かったが、あの男を忘れて新しい人生を始める必要は感じていたからだ。彼が死んでいる写真は、その良いきっかけになってくれるかもしれない。刑事たちに向かって黙ってうなずくと、長塚という刑事が写真を表向きにした。

「！」

西が、倒れている。多摩川の河原。背中にアイスピックを刺されて。

☆

世田は、最後尾からじっと笠見春奈の様子を見ていた。見つめつつ、少し前に、安藤と交わした会話を思い出す。

「これ、見ていただけますか？」

江東署で提示された二枚の写真。一枚目は、クルーザーのデッキの上に放置されていた男の死体。二枚目は、まだ意識が戻る前の天羽である。

「もしかして、錦糸公園の事件の被害者も、これと同じものを身につけていませんでしたか？」

言いながら、安藤が写真の中の一点を指差す。

「天羽刑事の資料は、私も事前に読んでいました。どうしてもこれだけが、彼女のイメージに合わない気がして」

そう、安藤は言う。世田も同意見だ。写真を凝視する。

「はい。同じに見えますね。そして……自分、三年前にもこれと同じものを見ていると思います」

「え？　三年前と言うと……」

「渋谷です。渋谷のハチ公前広場のテロ事件です」

そんな会話を思い出しながら、笠見春奈の様子をじっと見る。彼女は今、多摩川で殺された男の写真を凝視している。

「その写真の中で、違和感のあるものはありますか？」

長塚が尋ねる。三十秒。一分。やがて、春奈は口を開いた。

「腕時計が……」

「腕時計が、どうしました？」

「……西って、めっちゃ見栄っ張りで、やたらと腕時計みたいな小道具でマウントを取るタイプでした。でも、写真のこれ、ノンブランドの安物ですよね？」

刑事たちは誰もそれには答えない。下手なことを言うと、誘導による証言だと後々問題になる可能性があるからだ。それでも、春奈はもう一度写真を見返し、そして断言した。

「西はこんな時計は持っていませんでした。こんな安っぽい時計、あの男は絶対にしません」

「そうですか。ありがとう」

安藤は礼を言って、それから世田を見た。これが、西という男の物で無いのなら、彼を殺した後に犯人がわざわざ嵌めたということになる。わざわざ、黒いスポーツ・ウォッチを。多摩川の殺人現場で。世田谷のバラバラ殺人で。東京ベイ・マリーナで。そして、錦糸公園で。黒のスポーツ・ウォッチ。ちなみに三年前、来栖《くるす》公太《こうた》がヤマグチアイコに無理やりつけさせられたのも、黒のスポーツ・ウォッチだった。これは偶然か？　まさか。偶然な訳が無い。となると、導き出される結論は一つだけだ。


すべての事件は、ずっと、渋谷のハチ公前広場から繋がっている。

すべての事件は、すべて、ヤマグチアイコに繋がっている。

7

殺害される当日の午後三時。杉原和葉は、織本プロダクションのオフィスにいた。須永や綾乃に来ている講演会への登壇依頼に返事をする。いくつかは即答で断り、いくつかは先にギャラの確認をする。それらが終わると、次に、今後配属される予定の新人マネージャーのためのマニュアル作りに取り掛かる。と、会社の全体受付の女性から、代表番号に入った一本の電話が転送されてきた。

「須永基樹さんからです」

「え？」

須永なら、普通、和葉の携帯に電話をしてくるはずだ。なぜ、会社の代表番号にかけるのか。怪訝に思いつつ、和葉は電話に出た。

「もしもし。和葉さん？　須永です」

確かに、須永の声だった。

「どうされました？　わざわざ会社の方にお電話だなんて」

須永は、そのことについては返事をしなかった。

「急で申し訳ないが、ふたりで話し合いたいことがある。今夜九時に、東京ベイ・マリーナまで来てくれないだろうか」

「え？　どこですって？」

「東京ベイ・マリーナ」

和葉は、電話をしながら、開いていたパソコンで『東京ベイ・マリーナ』を検索する。東西線の南砂町駅から徒歩二十分。今まで和葉が、そして彼女の知る限りでは須永も、行ったことのない場所だった。

「あの……大田区のご自宅ではだめですか？　私、綾乃さんに頼まれている買い物もありますので、たとえば、そのお届けを兼ねて、とか」

そう、提案をしてみる。が、須永は譲らなかった。

「実は、犯人がわかったんだ。結婚式の時の、あの音声メッセージの」

「え？」

「あと、うちの家の写真と住所をネットに晒した犯人も。ちなみに、同一人物だったよ」

「……」

「和葉さん。そのことについて、ぼくは君とふたりっきりで話し合いがしたいんだ」

そして須永は、ベイ・マリーナの中のクルーザー用の住所まで告げると、一方的に電話を切った。ツー・ツーという電子音をしばらく聞いてから、和葉も静かに受話器を置いた。

（どうして、わかったのだろう）

冷静に考えてみる。何がきっかけでバレたのだろうか。開示請求の書類の一部を和葉が改竄《かいざん》していたことがバレたのか。それとも、証拠はないけれど、身内に片端からカマをかけることにしたのか。たとえば、結婚式での音声メッセージ。あれは外部からのハッキングではなく、パスワードを盗み見できる内部犯だと考え直したのだろうか。事実その通りなのだが、だからこそ、そういう方向に彼らの思考が行かないよう、和葉は努めて信頼出来るマネージャーという役割にこれまで徹して来た。

（でもまあ、良いか）

スマホを上着のポケットに入れ、オフィスの隅にあるリラクゼーション・スペースに向かう。エスプレッソのダブルを淹れ、少しだけ砂糖を加えてゆっくりと飲む。

（私は、動揺なんかしていない。全然、動揺していない……）

すべてが露見すれば、織本プロダクションはクビになるだろう。が、元々芸能プロダクションなんて、勤務時間ばかり長くて給料は安いブラック企業である。クビになったらなったで全然構わない。それより、これまでの嫌がらせの犯人が自分だと知った時の、印南綾乃の顔が楽しみだ。これまで二年以上、私を信頼し、私にたくさん甘えてきたあの女。すべてがバレたら、私は、彼女の耳元に顔を近づけてこう質問をするのだ。

「で、やっぱり綾乃さんは、犯人を憎みませんか？」

和葉は、その日の残り時間も淡々と仕事をした。そして、十七時ちょうどにデスクを片付けた。オフィスの入り口の横には、すべての社員名が一覧になったホワイトボードがある。杉原という名前の横に「須永氏と打ち合わせ〜直帰」と記入してオフィスを出る。いつもなら渋谷駅に歩くのだが、外に出た瞬間に気が変わった。西郷山通りを下り、中目黒へ。目黒川沿いを早足で南へ。やがて和葉は、小さなイタリアン・レストランに着いた。白木づくりの店。大小取り混ぜた陶器のプランターと、そこに茂るハーブ。今でもカウンター席なら予約無しでも入れるだろうか。ドアを開け、店員に尋ねる。店員は、昔と同じ席に和葉を通した。違うのは、その時は龍騎とふたりだったこと。

「俺、YouTuber になろうと思うんだ」

そう、この店で言われた。和葉は反対した。和葉は龍騎に、きちんと就職して、きちんとした社会人になって欲しかった。でも、龍騎は和葉の気持ちには応えず、ふたりの仲はどんどんギクシャクしていった。だから和葉は諦めた。諦めて、クリスマスのプレゼントに、彼に新しいiPhone をプレゼントしたのだ。

和葉の前にメニューが置かれる。前回とは見た目も中身も違うメニューだった。当たり前だ。もう何年も経っているのだ。世界はその時間の分だけ変わり、彼女と、死んだ龍騎の時間だけが止まっている。

シャンパンをオーダーする。特に好きなわけではないが、ドリンク・メニューの最初に有ったから。

「犯人を憎みません」

そうカメラに向かって彼女は言い切った。

(嫌な女だ)

何度思い返してもそう思う。

「そういえば、和葉さんって彼氏はいるんですか?」

友達も、デリカシーの無い女だった。ひと目見た瞬間から嫌いだった。

「え? お見合い派?」

「だって、恋愛ってなんだかんだ、しんどいことの方が多くないですか?」

「そうかな。まあ確かに、不倫の時はしんどいばっかりだったけど……でもでも、こうやってスナガンと綾乃がラブラブで結婚したのを見てると、やっぱ恋愛結婚の方が良いなーって思いません?」

(嫌な時間だった。近くに包丁があったら刺してやりたかった……)

十九時半。早めに店を出て、指定された東京ベイ・マリーナに向かう。日比谷線で茅場町駅へ。東西線に乗り換えて南砂町駅へ。駅前でタクシーを拾う。タクシーの運転手は雑談好きのようだったが、すべて無視する。マリーナ入り口で降り、受付の警備員に、

「友人の船で、ナイトクルーズに」

と、クルーザーの番地を伝えて中に入った。係留場へと続く細道。淡いオレンジ色の街灯。海からの風が冷たい。曇天で月が隠され、あたりは薄暗かった。桟橋の数を数えながら進むと、やがて、目指す場所が見えてきた。

白いクルーザー。デッキの上に、人影がある。

「須永さん！」

声をかける。が、人影は動かない。更に近付いて、自分が人違いをしたことを和葉は知る。そこにいたのは須永ではなく、キャスケット帽を目深に被った女だった。

「あれ？　ごめんなさい。間違えました」

そう謝って、和葉はスマホを開き、クルーザーの場所のメモを確認し直す。と、女が言った。

「場所はここで合っていますよ。杉原和葉さん」

「え？」

名前を呼ばれて、和葉は驚いた。相手の顔を見ようと目を凝らしたが、街灯がちょうど逆光になっていて、きちんと顔を確認することが出来なかった。

「あ、こっちの声の方がしっくり来ますか？」

女が、手の中のスマホをいじった。そして次はそのスマホをマイクにして、

「場所はここで合っていますよ。杉原和葉さん」

と、須永基樹の声で言った。

「これ、無料のアプリなんですよ？　犯罪者には、便利過ぎる世の中ですよね」

女が笑いながら言う。

「あなた、誰？」

「私ですか？　私は、なんていうか、いろいろと楽しくないことを知ってしまった女です」

言いながら、女はクルーザーから、和葉が立つ地面へとゆっくり歩き始めた。

「たとえば私は、あなたの持っているアカウントをすべて知っています。あなたが須永綾乃さんを誹謗中傷するためだけに作った裏アカウントも知っているし、開示請求をした時に、わざと書類を改竄して須永さんを騙したことも知っています。あなたが定期的に削除しているネットの検索履歴も知っているし、あなたが最近では、塩素ガスの中毒事故を起こす方法について一生懸命調べていることも知っています。おそらくはあれですよね？　須永さんのご自宅の洗剤をすり替えて、上手に事故が起こせないかを考えているのですよね？　綾乃さんは目が見えないので、洗剤のすり替えには気付きにくいでしょうし」

女と和葉の距離は、今、約五メートル。

「あなた、誰?」

気圧《けお》されないよう、和葉はあえて強い声で尋ねる。

「私ですか? 私は、断ち切ることを人生の宿題にした女です」

「は?」

和葉は、正面に立つ女を凝視していた。彼女ばかりを見ていたせいで、背後からそっと近づく男がいたことには気が付けなかった。

「あ。実は、私とあなた。大きな共通点がひとつあります」

「共通点?」

「はい。私たち、恋人もいないし、子供もいない。私たち、死んでも悲しむ人がほとんどいないんです」

次の瞬間、人影は背後から和葉の口を押さえた。そして、ナイフで、彼女の喉を真一文字に切り裂いた。

雲が動き、月が出た。月の光が、キャスケット帽の女の顔を照らした。

杉原和葉は、最期に見た。

悲しそうに自分を見つめる目。そして、帽子から覗く、パープル・ピンクの髪。

杉原和葉は、最期に聴いた。女が自分に向けた言葉。

「おめでとう。あなたも、世界を変えるんです」

(あなた、も?)

どういう意味かはわからなかった。考えたかったが、考えることは出来なかった。

杉原和葉は、死んだ。

8

快晴の午前十時。天羽史は中野の警察病院を退院した。

脳にも内臓にも血液にも異常は見つからず、精密検査を担当した男性医師が、

「羨ましいくらいの健康体です」

と、苦笑いを浮かべるほどだった。

「職場復帰は、何日かお休みされた後でも良いですよ?」

人事課の課長代理からはそう言われたが、天羽は断った。

「たぶん、ひとりで家にいても落ち着かないと思うんです。だから、すぐに仕事をさせてください。それに……」

「それに?」

「仕事をしている方が、なんか、いろいろ思い出せたりとかするかもって思うんです。根拠は無

いんですけど、ひょんなことから、急にピュッ、みたいな」

「なるほど。人の脳は、未だわからないことばかりですからね。あなたがそう感じるのであれば、我々もそれに期待をしたいと思います」

そんな会話があり、天羽は明日からすぐの職場復帰が決まった。

(頭を空っぽにして、町をウロウロしたい……)

そんなことを考え、天羽は下北沢に向かった。

まず、天羽好みの古着屋をハシゴする。壁一面のハンガーラックに吊るされたシャツを見る。楽しい。棚に陳列されたジーンズたちを撫でてみる。楽しい。壁にディスプレイされていた黒革のライダース・ジャケットを取ってもらい、鏡の前でセクシーに当ててみる。楽しい。金髪をシニヨンに結んだ若い売り子とファッション雑談をする。楽しい。

さて、昼食は何にするか。ラーメンかスープ・カレーかで迷う。どちらも食べることにする。ダイエットはもう少し先からで良いだろう。自分の精神力に頼らずとも、自然に痩せられる環境がそのうち来る。そう天羽は考えた。気になるラーメン屋は三軒。スープ・カレー屋も二軒あった。すべての店の前まで行き、その看板を見る。そして、じっくり考えるためにまずカフェに入り、チーズケーキを食べながら一時間は悩んだ。


翌日も快晴だった。

（私って、日頃の行いは悪いはずなのに……）

そんなことを思いながら、天羽は、本庁の人事部に出勤する。正式に「サイバー捜査課内・サイバー捜査部準備室」への異動の発令を受け、すぐに地下鉄に乗り直して大江戸線の勝どき駅へ向かう。そこから徒歩で十五分。中央区の晴海一丁目。海底の土砂を利用して埋め立てた、運河と東京湾に囲まれた島の中に、天羽の新しい職場がある。「サイバー捜査部準備室」。島の突端。周囲を高い樹木で覆った真四角で灰色のビル。外側にはこの建物が何かを示す看板はまだ無い。もしかすると、ずっと無いままかもしれない。地上四階。地下二階。ちなみに、まだ地上の三階と四階は空であり、今後どの部署が入ってくるのか、準備室の人間たちは誰も知らなかった。

エントランスに入る。警備の制服警官に挨拶する。

「天羽史です。本日、着任初日です」

「お待ちしておりました。こちらにどうぞ」

既に人事情報は共有されている。奥の部屋に連れて行かれ、このビル専用の掌紋登録を行う。所持しているＩＤと、人事課からもらったばかりの着任証を念入りにチェックされ、それから右手と左手の両方の掌を、当て方を変えながら三回ずつセンサーに押しつける。やがて、判定用のＬＥＤが緑色に光る。システムへの反映は即時にされるらしく、そのままエントランスに戻ってエレベーター・ホール前のセキュリティ・ゲートに手を当ててみるように言われる。その通りにする。と、ピンッという小さな音とともにゲートは開いた。これで天羽は、このビルのエレベーターに乗れるようになった。二階に上がる。ここでまた、新たなセキュリティ・ゲートに掌を当てる。自分が勤務するフロア以外には、許可なく入れないシステムであるという。フォン。先ほどとは違う音がして、サイバー捜査部準備室の入り口が開く。三十メートル四方くらいの正方形の空間。中央に、室長のデスクがあり、それを円形で囲むように室員たちの個人使用デスクがぐるりと設置されている。すべてのデスクの上に、黒い専用端末と、二十七インチのモニターが二台。まだ準備室の段階なので、中の人間は、デスクの数の半分くらいしかいなかった。

中央の室長席に座っていた男が立ち上がった。

「よう、ふみっぺ！　良く来たな！」

太い眉毛に彫の深いハーフのような顔。緩くウェーブのかかった黒髪。身長は百九十センチ近い。中年腹とは無縁な筋肉質な体で、しかも声は低くてセクシー。それが、準備室の室長である乙川鉄郎《てつろう》である。前に一緒に働いていた時は警視だったが、今年の10月に昇進し、今は警視正。ちなみに、四十五歳で警視正というのは、準キャリアの出世としてはちょうど真ん中という感じである。

「ご出世、おめでとうございます。私、乙川さんが警視正になったから帰ってきたんですよ？　良かったです、順調に出世してくださって。『あと半年待って』とか『一年待って』とかにならなくて」

そう笑顔で乙川に話しかける天羽。

「警視正になると、データ・アクセスの権限とか、めっちゃ拡大するんでしょう？　大丈夫ですか？　責任の重さにビビってないですか？」

「大丈夫。俺はこう見えても、スタンド・プレーはしないタイプだ。だから、権限とかそういうものも、そもそも行使するつもりがない」

乙川は、警察官らしからぬ発言を平然とする。

「淡々と平均的な仕事をして、淡々と平均的な出世をして、残業は極力せず、ひたすら趣味の時間を大切にする。それが俺の生き方♪」

そう言って、乙川は天羽にウインクをしてみせた。

（この人、マジで変わらないな……）

天羽はそれが嬉しくなる。ちなみに、乙川の趣味が何か天羽はよく知っている。アメコミのヒーロー物のコスプレである。乙川は体格が素晴らしいので、「スーパーマン」になっても「バットマン」になっても「キャプテン・アメリカ」になっても、老若男女すべてが惚れ惚れするほどの格好良さだ。が、本人は、この趣味を職場ではオープンにしていない。ちなみに、天羽が乙川の趣味を知っているのは、天羽も数年前、派手好きが高じてアニメ・キャラのコスプレにハマっていた時期があるからだ。休日にわざわざ新幹線で名古屋まで行き、栄の女子大小路にある「店員も客もみんなコスプレ」というコスプレ・マニアの間では聖地扱いされているアミューズメント・バーまで飲みに行き、そこで「フラッシュ」のスーツに身を包んだ乙川を見つけたのだ。天羽も驚いたが、乙川も腰を抜かさんばかりに驚き、それからふたりは、上司と部下でありながら趣味では友人、という関係になった。

乙川が、天羽を彼女のデスクに案内する。そして、小声でそっと、

「最近はもう、やってないのか？」

と尋ねてくる。

「実は私、あれからメイド・イン・ジャパンのヒーロー物にも目覚めてしまってね。『デーモン・スレイヤー』というダークファンタジー・アニメがあるんだが、主人公が姉と弟なんだ。どうだろう。君がお姉さんで、私が弟で……」

「警視正」

天羽はあえて、乙川の言葉を階級名で遮った。

「私、最近の記憶、無いんですよ」

「あー、そうか。そうだったな。じゃ、最近の作品は全然見てないのか？」

「全然です。ちなみに、私って、永遠の反抗期女なんですけど、コスプレって、日本じゃもう完全に市民権を得ちゃったじゃないですか。そうなると、なんか、私はもうやらなくていいかなって」

「ちぇ。絶対君なら似合うのに」

乙川は本気で残念そうだ。そして、天羽もまた、彼に対して申し訳なく思う。乙川とは違う意

味で、天羽もまた、ここで全力で働くつもりは無かった。

（淡々と仕事をして、淡々と退職をして、余計なことは極力せず、残りの人生はひたすら独りの時間を大切にする。それが私の生き方かな）

　そんなことを天羽は思う。

　準備室は、大きく五班に分かれていた。コア・システム班。アメリカ班。ヨーロッパ班。アジア・オセアニア班。総務班。各班それぞれ三名程度の小所帯。天羽はアメリカ班だった。業務の引き継ぎと、三月の年度末までの実施施策のガントチャートの作成だけで、初日の業務は終わった。

「皆さん。今夜は、天羽さんの歓迎会です」

　アメリカ班班長の根田《ねだ》という男が、フロア全員に声をかけていく。

「なんと今夜は、乙川警視正の奢りです！」

　歓声が上がる。乙川がそれに右手を上げて応える。それだけで、天羽には彼が「アイアンマン」に見えてしまって仕方がない。笑いを堪えるのに少し苦労する。

「乙川さんも参加してくださるんですか？　私の歓迎会」

「ああ。一次会だけだけど」

「あら」

「これでも特別なんだぞ。私はいつもは職場の飲み会には参加しないからね」

「はい。知っています。ありがとうございます」

夕方の十八時。全員で一斉に退勤する。予約した店は、月島のもんじゃ焼きの老舗《しにせ》だそうだ。徒歩で移動する者。自転車で来ている者。配車アプリでタクシーを呼ぶ者。手段は皆、まちまちだった。乙川が、

「ぼくと一緒にタクシーで行かないか？」

と誘ってくる。そしてまた小声で、

「車内で君に見せたいものがある。これを見たら、きっと君の消えたコスプレ熱が再燃すること間違い無しだぞ」

と言いながら、スクエア・トートのビジネス・バッグの中に、アニメ雑誌が入っているのをチラッと天羽に見せてきた。

「あ！　しまった！」

天羽は立ち止まる。

「ん？　どうした？」

「すみません、警視正。天羽、家の鍵をデスクに置きっぱなしです。すぐに取ってくるので、ここで待っていていただけますか？」

「タクシー、もうすぐ来るぞ？」

「わかってます！　二分で戻ります！」

　そう大声で言いつつ、天羽はエレベーターに乗り、二階に戻った。セキュリティ・ゲート。フォンという音。開く。入る。天井の灯りを点け直す。システム自体は二十四時間休みなく動いている。自分のデスクではなく、天羽は中央の乙川のデスクに行く。彼の端末を開く。スリープ状態が解除され、パスワードの入力画面が出る。天羽は、乙川の使うパスワードを知っている。彼が大好きな、とあるアメコミのヒーローの誕生日だ。少なくとも、以前、サイバー捜査課で一緒に働いていた時はそうだった。

「警視正になると、データ・アクセスの権限とか、めっちゃ拡大するんでしょう？　大丈夫ですか？　責任の重さにビビってないですか？」

(ごめんね、乙川さん)

　入力する。

(謝っても、許してはくれないだろうけど)

　エンター・キーを押す。

　天羽の異動後、彼がパスワードを変えている可能性はある。その時は、ある程度時間をかけて探り直すことになる。パスワードを叩く手の動き方と、その回数。しかし、乙川は、仕事に細心の注意を払うタイプではない。天羽は、彼はパスワードを変えていない方に賭けていた。

ビンゴ。

フワッと画面がモーフィングし、二次認証の画面になる。こちらはたった6桁。それも数字だけだ。乙川のデスクの引き出しの中で、二次認証専用のタブレットが通知音を鳴らす。外部持ち出しが禁止されているので、これが引き出しの中にあることはわかっていた。引き出しには鍵がかかっているし、力ずくで開ければ警報が鳴る。しかしそれは、天羽にはどうでも良いことだった。二次認証の入力を保留したまま、天羽は自分のスマホを乙川の端末に繋ぐ。スマホのブラウザで、とある場所へのログインをリクエストする。13桁のパスワードを手動入力。英数字混在で大文字小文字の区別まであるが、慣れれば13桁くらいはどうと言うこともない。サイト情報を記憶しますかとの問いに「しない」を選択する。こちらも繋がる。いつものように、彼女は既にそこにいる。

「あとは二次認証だけ」

そうマイクに向かって天羽が言うと、アイコは静かに微笑んだ。

6桁の数字。たったの999999通りの組み合わせしかない。そんな二次認証にどれほどの意味があるのか。それをなぜ、組織の上の人間たちは理解しないのか。

また、フワッと画面がモーフィングした。アイコが、すべての組み合わせを総当たりで試し、二次認証を解除したのだ。一般の職員とは違う、警視正以上の捜査官のためのトップページが現れる。画面上に、本庁の捜査データ・ベースと回線を繋ぐためのボタンがある。

クリックする。

「ご出世、おめでとうございます。私、乙川さんが警視正になったから帰ってきたんですよ? 良かったです、順調に出世してくださって。『あと半年待って』とか『一年待って』とかにならなくて」

繋がる。

アイコが微笑む。

「ありがとう。これで、またひとつ、素晴らしいDが手に入りますね」

スマホの画面からアイコが消える。天羽はそれを自分のポケットにしまうと、乙川の端末を閉じてエントランスに戻る。画面を閉じても、アイコは警視庁の捜査データ・ベースと繋がったままだ。今のアイコなら、どれほどデータが膨大でも、すべてを一時間以内で読むだろう。そして、複数のバック・ドアをシステム内に仕込み、侵入の痕跡をすべて消してから乙川の端末をシャットダウンする。明日の朝、乙川は何の異変にも気付けない。

エレベーターから出る。素直に待っていた乙川に駆け寄ると、天羽は言った。

「乙川さん。私、気が変わりました」

「え？」

「一回だけで良ければ、私、お付き合いしますよ。例のアレ。ええと……『デーモン・スレイヤー』！」


D。Deterrence。抑止力。

そう。

抑止力こそが、重要なのだ。

9

「私は、須永基樹さんがずっと探している相手を知っています。結婚式での音声メッセージ。音楽フェスの夜のTwitter。あれは、誰なのかと。誰が、どうやって、やったのか。その答えを、私は知っています」

そして、アイコと名乗る音声は、少しだけ間を置いた。これからする質問の効果を高めるように。まるで、人間のように。

「犯人が誰か教えてあげると私が言ったら、あなたはそれを聞きたいですか？」

須永は思った。

（この電話自体が、新手の嫌がらせかもしれない）

そしてこうも思った。

（でもそれは、この後、女が誰の名前を言うのか聞いてから判断しても遅くはない）

更に、こうも思った。

（でも、誰の名前を言われても、それが正しいか確かめる術が俺には無い）

同時に、あの時の感覚も思い出していた。

（これが「殺意」というやつか……）

そして、最後にこう思う。

（悪魔の囁きというものが本当にあるのなら、それはまさにこれのことだな……）

と、その時、コンコンと須永の書斎のドアがノックされた。そして、須永が返事をする前に、彼の妻は須永の書斎の中に入って来た。

「綾乃？　どうして？」

「基樹。私、耳は良いのよ？　基樹は冷静に話しているつもりかもしれないけど、いつもより声が大きいし、それに、さっきからとても怖い声を出してるわよ？」

綾乃は、須永の傍らまで来ると、彼の背中に優しく手を当てた。

「そこに、印南綾乃さんもいらっしゃるのですか？」

アイコと名乗る女の声。

「あなた、情報が古過ぎですよ。私は、須永綾乃です」

惚気話《のろけ》でもするように、綾乃が微笑みながら言った。

「あなたともお話が出来るなんて、私は幸運です。つまり、データが二つになるわけですね？」

アイコの声が少し弾んだ。そしてもう一度、先ほどと同じ質問をした。

「結婚式での音声メッセージ。音楽フェスの夜のTwitter。あれは誰がやったのか、私はあなたたちに教えることが出来ます。聞きたいですか？」

須永が何かを言う前に、綾乃はキッパリとした口調で答えた。

「基樹は聞きません。私だけが聞きます」

「え？」

思わず、須永は驚きの声を上げた。

「私だけが聞く。先に聞いて、それで『あ、これは基樹にも言わなきゃいけないやつだ』って思ったら、その時はちゃんと私から基樹に言う」

「ごめん。わざわざ君だけが先に聞く意味がわからない」

「ううん。基樹はわかってる」

「！」

綾乃は、須永の両肩に手を置いた。そして、一言一言を噛み締めるように言った。

「基樹はわかっているし、私は基樹がわかっていることをわかってる」

「……」

「基樹が私たちを守りたいと思うように、私だって、基樹を守りたいと思っている。そして、今日は絶対に私が守る番なの。私が、基樹の心を守る番なの」

それから綾乃は、両肩に置いていた手を、須永の腕の下に入れ直した。そして、渾身の力を込めて、彼を椅子から立たせた。

「異論は認めない。さ、五分だけ、この部屋から出て行って。聞き耳とか立てたら離婚するからね」

「……」

「ゲッ・ラウト」

（何で、最後が英語なんだ？）

須永は少しだけ笑ってしまった。笑うと、肩から力が少し抜けた。なので、素直に部屋から出ていくことにした。後ろ手にドアを閉める時、

「離婚、するのですか？」

と、尋ねるアイコの声が聞こえた。そして、それに答える綾乃の声も。

「するわけないでしょ。私たち、世界で一番ラブラブな夫婦なんですから」

(そういえば、この家は、防音対策はしなかったんだよな)

そう須永は思い返す。防音どころか、大声だけで助けが呼べるように、この家の室内の壁はあえてどこもスカスカに近いものを使っている。それで、須永は階段を降り、玄関に向かい、家の外に出た。

外の通りまで、まったく段差の無い前庭。左隅に、綾乃がいつでも日向ぼっこが出来るよう、木製の長ベンチがひとつ、南向きに置かれている。それに須永は座った。空を見上げる。薄曇りで、月も星も見えない夜だった。

ずっと考えないようにしていたことがあった。

それでも、ずっと考えずにはいられなかった。

(もし、犯人が近しい知人だったら?)

この家の住所を元々知っていた人間。綾乃の携帯を勝手にいじるチャンスがある人間。もし、そんな近さの人間が犯人だったら、自分はどのくらい傷つくだろう。綾乃はどのくらい傷つくだろう。自分たちは、それを知った後でも、変わらず笑顔で生きていけるだろうか。ここまでのことをされて、何の報復もせずに、生きていけるだろうか。

ふと、綾乃が前にしていた夢の話を思い出す。

「賭けをしよう！」

そう、彼女は少年に言いました……

と、玄関のドアが開く音がした。振り向くと、綾乃が立っているのが見えた。

「基樹。どこ？」

「ここ」

と、綾乃は、ベンチまで小さなスキップをしながらやって来た。そして、須永の隣にポンッと勢い良く腰を下ろした。

「曇り？」

空を見上げて彼女が尋ねる。

「うん。薄曇りって感じかな」

「そう。でも、あんまり寒くないね」

「そう？　俺は寒いと思うけど」

「んー。ずっと座ってたら寒くなるかもしれないけど、今はそんなに寒くないよ」

「そか。じゃ、寒くなってきたら、中に戻ろう」

「うん」

そんな会話をして、少しだけ無言になって、やがてまた綾乃が言う。

「こういうのって良いね」

「何が？」

「横に並んで、二人とも同じ方向を向いてる」

「そうだね。良いね」

「あ。そういえば、基樹、訊かないんだね」

「何が？」

「さっきの女の人と、あの後どんな話をしたのかって」

「だいたい、想像がつくからね」

「え？　そうなの？」

「俺の予想だと、俺が部屋を出た後、綾乃はこう言ったと思う。『あ、私今、気が変わりました。私、あなたから答えは聞きません』」

「へえ」

それから綾乃は、アイコの声色を真似て、尋ねてきた。

「それは、なぜですか？」

「そこまで、あなたに教える義理はありません」

須永が、綾乃の声色を真似て言う。

「今、気持ちが変わったのではなく、須永基樹さんを部屋から追い出す時から既に、聞かないことと決めていましたか？」

と、アイコ役の綾乃。須永は、無言で肩をすくめる。

「今、肩をすくめたりしましたか？」

　綾乃が、アイコの声色を真似ながら続ける。

「相手の行為は、エスカレートしていきますよ？　ネット上での誹謗中傷だけでなく、今後はあなたやあなたの子供に直接的な危害を加えてくると私は考えています。それを示唆する状況証拠もあります。それでもあなたは、それが誰かを私から聞きませんか？」

「はい。聞きません。負けたくないんで」

「負ける？」

「はい。私、実は、すっごく負けず嫌いなんです。なので、聞かないったら聞きません。じゃ、さようなら。バン！」

　最後、須永は携帯を投げ捨てる真似をした。綾乃は少し頰を膨らませると、

「そんなことせずに、ちゃんと普通に切ったよ」

　と抗議をした。

「何割くらい、合ってた？」

「んー、八割くらいかな。だって、あのままあの人の口車に乗るの、悔しくない？」

「まあ、ね」

「ダメだった？」

「いや。良いと思う」

「でしょう？」

「うん。すごく、良いと思う」

「でしょう？　あ、今、良い嫁をもらったな俺って、思った？」

「思った。ていうか」

「ていうか？」

「それは、前から思ってる」

冷たい夜風が吹く。だが、もう少しだけこのまま外に居よう。そう須永は思った。綾乃が、須永の腕に自分の腕を絡ませてきた。そして、楽しそうに言った。

「私も、前から、思ってる」

第五章

1

日の出前の東の空に、金星と細い月が並んで浮かんでいた。

フリー・ジャーナリストの来栖公太は、それをKXテレビ三階にある楽屋の窓から見ていた。あと一時間もしないうちに、報道番組『ニュース・ドクター』の臨時生放送が始まる。その時、アメリカの東海岸は夕方の四時。欧州は夜の九時か十時。より権力のある他国の意向に合わせると、極東の島国ではこのような早朝の番組開始となる。鏡に目をやり、番組のスタイリストが用意した濃紺のスーツとえんじ色のタイをチェックする。ロー・テーブルの上には、ADが運んできてくれたコーヒーとミネラル・ウォーター。その水を一口だけ飲んで喉を潤す。昔は、自分がこれらを運ぶ側だった。あの日、ヤマグチアイコと出会っていなかったら。恵比寿のガーデンプレイスで、彼女から強引に黒のスポーツ・ウォッチを嵌められていなかったら。事件後、彼女からメールをもらえなかったら。自分は、おそらく今も、ゲストにコーヒーとミネラル・ウォーターを運ぶ仕事をしていただろう。ただのアルバイトとして。

楽屋を出て、早めにスタジオに入る。

半円形の長いテーブル。正面にモニター。右に、元はアイドル・タレントだったという若いニュース・キャスターと、進行のアシスタントをする女性の局アナウンサー。左には、与党の広報部長というあだ名の初老の政治評論家と、来栖が座る。

12月23日。

それは、過去に渋谷ハチ公前テロ事件が起きた日であり、翌年、平和のための音楽フェス「Voices for Change」が行われた日であり、そして、天羽史がすべてを告白して警察に自首した日である。世界じゅうから最大級の非難が殺到し、それは当時の警視総監の引責辞任だけでは収まらず、その後の日本の与党交代の引き金にまでなった。それが、今日。12月23日。

キャスターの加納元《かのうげん》が、局アナの女性と一緒に入ってきた。周囲に簡単な挨拶をして、所定の位置に立つ。清潔感のある白いシャツ。タイはしていない。歯磨き粉のCMを何年もしているだけはある、その爽やかで美しい歯ならび。進行台本をもう一度、チラチラと確認する。やがて、生放送開始のカウント・ダウンが始まり、モニターに『ニュース・ドクター』のオープニング映像が流れた。

「おはようございます。本日の『ニュース・ドクター』は、朝の六時から二時間の特別生放送でお送りいたします。司会は私、加納元と」

「ＫＸテレビ、酒井《さかい》かなえです」

「そして、本日のゲストは、政治評論家の棚網善郎《たなあみよしろう》さんと」

「ヤマグチアイコ事件の取材をずっと続けられています、フリー・ジャーナリストの来栖公太さんです」

「よろしくお願いします」

「よろしくお願いします」

　紹介に合わせて、来栖は軽く頭を下げる。

「いよいよ、本日。一時間後に『グレート・リセット』が行われるわけですが、改めて、来栖さん。この問題をずっと追い続けてきた専門家として、今、どのようなお気持ちですか？」

「期待半分、不安半分、という感じでしょうか」

　来栖は滑舌《かつぜつ》に気をつけながら話し始める。

「私自身、ここ数年の日本や世界の状況を全面的に肯定している訳ではありません。ただ『グレート・リセット』によって世界が必ず良い方向に進むとまでも、現時点では言い切れないと思っています」
　かつては、テレビ・カメラの前というだけでとても緊張したが、何度も出演を繰り返している
うちに、あがり症はだいぶ改善された。来栖の言葉に、加納が神妙にうなずく。
「では、ここまでの流れを、改めて復習しておきたいと思います。こちらのモニターをご覧くだ
さい」
　酒井アナの言葉に合わせて、正面のモニターに年表が映し出される。
「まずは、２０１６年です。渋谷ハチ公前広場のテロ事件」
　爆発直後の渋谷の映像がインサートされる。台座ごと消失したハチ公像の残骸や、放射線状に
亀裂の入ったアスファルト。野戦病院のような混乱を見せる代々木の救急病院。
「そして一週間後に、犯人からの声明文が来栖公太さんの元に届きました。来栖さん、そうでし
たよね？」
「はい。簡単に彼女の犯行動機を一言にまとめるならば……
『戦争行為を抑止するために、まずは「戦争とは何か」ということを、広く日本国民に教えよう
と思った』
　と、いうことになるかと思います」
　加納が、すぐに反応する。
「今、来栖さん、『抑止』という言葉を使われましたね」

「はい」

「犯罪を抑止するために犯罪を行う。それがつまり、ヤマグチアイコという女性の思想の根本にあるわけですね？」

「はい。私はそう解釈しています」

政治評論家の棚網が「まさにテロリストの考え方ですな」と吐き捨てるように言う。来栖はその言葉には異論があったが、今日ここで彼とそのことを論争しても始まらない。現実は既に、はるか先に進んでしまっているのだ。

「そして、２０１７年の1月。ネット上に、アイコ bot が誕生。そしてわずか半年後の7月に、オープン・ソースのＡＩアイコに進化します」

酒井アナが年表の二段目と三段目を連続してオンにする。

「来栖さん。これについても簡単な解説をお願いします」

「はい。bot というのは、一定のタスクや処理を自動化するためのアプリケーションやプログラムのことで、アイコ bot とは、彼女の言葉を分割し、それをランダムに Twitter にポストするだけの原始的なものでした。しかし、アイコ bot は人気となり、その後　#ヤマグチアイコだったら何と言うか　というハッシュ・タグが出現しました。世界じゅうのフォロワーたちが、ヤマグチアイコになりきって、さまざまな社会問題について言及しました。そして、ブレイクスルーが起きました」

「アイコのAI化、ですね？」

「そうです。ここで重要なことは、AIアイコは金銭的なメリットを追求しない、オープン・ソースとして開発されたAIだったということです。技術的な説明はここでは省きますが、大企業が主導して開発したAIであれば、その企業がAIの方向性をコントロールすることが出来ますし、場合によっては消去することもできます。しかしAIアイコは、ブロック・チェーンの技術に基づくオープン・ソースのAIとして進化しました。なのでこれまでは、人間がアイコを意図的にコントロールしたり削除したりすることは不可能だと言われてきました」

「棚網さん。ここまでは大丈夫ですか？」

加納が一度、棚網に話を振る。棚網は腕を広げ、

「私はちゃんと理解してますよ」

と、まずは笑顔で抗議をした。そして、

「ただ、ブロック・チェーンやオープン・ソースという単語を、未だに魔法の呪文のようにしか思えない人たちもいるでしょう。特にその、普段はITの世界とは関係のないお仕事の方々とか」

と、事前に渡されていた台本通りの台詞を棚網はきちんと言う。

「はい。なので今日は、こんなイラストをスタッフの方に作っていただきました」

来栖の言葉に合わせて、両手に団扇《うちわ》を持った人々のイラストがモニター画面に現れる。右手の

団扇にはA、左手の団扇にはBと印字されている。それが、画面上に十人いる。

「とっても簡単に説明するなら、ブロック・チェーンとは多数決のことです」

「え？　そうなんですか？」

来栖の説明が乱暴過ぎたのか、酒井アナが驚きの声を上げた。

「たとえば、このイラストの人たちに、とある問題を解いてもらうとします。最初の人は、答えはAだと言いました」

イラストのひとり目が、右手のAの団扇を上にあげた。

「でも、問題を解いたのがこの人だけだと、このAという答えが正解かどうかは検証できません。それで、ふたり目にも同じ問題を解いてもらうことにします。この人も、答えはAだと言いました」

イラストのふたり目も、右手のAの団扇を上にあげる。

「では、残りの方も全員一緒にお願いします」

残りの全員が、右手のAの団扇を上にあげる。

「どうやら正解はAで間違いないようですね。これがブロック・チェーンという技術の基本です」

棚網も、酒井アナも、少し微妙な笑みを浮かべる。

「私はちゃんと理解してますが……」

そう同じ前置きをして、棚網が言う。

「わからなそうな顔をしている酒井さんに代わって質問しますが、この技術の何が革新的と言われているのですか？」

酒井アナが、小声で「ありがとうございます」と棚網に頭を下げる。ちなみにこれらのやり取りも、事前に渡された台本に細かく指定されている。

（やれやれ）

しかし今日はそれも仕事のうちなので、来栖もきちんと台本通りに発言を続けていく。

「ここにテロリストがやってきて、ひとり目の方を銃で脅したとします。正解はBだ。従わなければ殺すぞ。それで最初の方は意見をBに変えました。しかし、最初に申し上げた通り、ブロック・チェーンとは多数決のことです。まだ残りの九人が正解はAだと言っているので、システムはそのまま、Aという答えを保持します」

「では、テロリストが六人同時に脅したら、正解は捻じ曲げられてしまうのですか？」

「その通りです。ただ、そんなことが出来ると思いますか？」

「と言いますと？」

「このイラストではたった十人の人間ですが、現実では、ネットワークに繋がったすべてのコンピューターが対象となります。地球上のすべてのコンピューターですよ？　その過半数を同時に脅して正解を捻じ曲げるなんてことが可能だと思えますか？　そんなことは無理です。そう、我々はずっと考えてきました。ブロック・チェーン上にある情報を恣意的に操作することはできない。ブロック・チェーン上にある情報は改竄することができない。それが、今日までの我々の常識だったわけです」

「なるほど！　だから、ブロック・チェーン上にあるＡＩアイコをコントロールすることはできないし、削除することもできない。そう考えられてきたわけですね？」

「その通りです」

酒井アナが、時計を見つつ、画面を次に進める。

「そして、２０１９年。天羽史の事件が起きます」

加納が、眉間に少し皺を寄せて、言う。

「この事件を、最初にスクープされたのも来栖さんでしたね」

「はい。突然彼女から、会いたいと連絡が来たんです」

☆

12月23日。午前十一時。

玄関の呼び鈴が鳴ったので出てみたら、見知らぬ女性が立っていた。

「突然押しかけてきてすみません。私、天羽史と申します。あれ？　私のこと知りません？　一時期『女性刑事が謎の失踪！』って、週刊誌の記事になったこともあるんですけど」

言いながら、警察手帳を来栖に見せる。それが本物であることを確認しつつ、来栖は尋ねる。

「刑事さんがお一人で、私に何の用ですか？」

「実はですね。私、この後、自首をするんです」

「は？」

「自首。自分から警察に罪を告白しに行くんです。で、それをあなたに、取材して記事にしてもらいたいんです」

「は？」

天羽は、勝手に来栖の部屋の中に入ってこようとする。それを来栖は遮り、彼女を玄関の外に押し戻した。

「え？　ちょっと、冷たくないですか？」

「あなたこそ、何で勝手に中に入ろうとするんですか？」

「だって……ハチ公前広場の事件、最後にヤマグチアイコの手記を発表したのも来栖さんじゃないですか！　私、前々からハチ公の事件には興味が有ったんで、高梨真奈美さんや須永基樹さん、そして来栖公太さんのお名前やその後の活動を、ずっとチェックしてたんです。だから……」

そこまで言うと、パープル・ピンクのド派手な髪色の女性は、照れたように少しモジモジと尻を振った。

「私のことも、出来れば来栖さんから発表してもらいたいなと。ええと、その……ひとりのファンとして♡」

「全然お話が見えてこないのですが……そもそも、あなたは何の罪について自首をするのですか？」

「はい。自首する罪は二つ。ひとつは国家機密に関する守秘義務違反。そして、殺人です」

「え？」

「ね？　外で立ち話も何でしょう？　なので、失礼しまーす」

そう言って、天羽は来栖の部屋に入り、リビングに小さなヨギボーがあるのを見つけると、その上に勝手に座った。

「先に二つ、質問をさせてください」

ため息をひとつついてから、来栖は天羽の正面に座った。

「あなたは、なぜ、自首をするのですか？　そして、なぜそれを、私に先に話すのですか？」

「あー、ええとですね。そういうことではないのです。全然違うんです。そもそも私は、自首をするために犯罪をしたのです」

そう言って、天羽はなぜか、人差し指をピンッと上に向けて立てた。

「すみません。言われている意味がわからない」

「頭文字のDは、ディターレンスのD。つまり、抑止力です。D is the key。抑止力こそが重要だ。そして、抑止力というのは、まずはその存在を広く世界中に知ってもらう必要があるわけです。そのための、あなたです。来栖公太さん」

キラキラと目を輝かせながら、天羽は話す。その目が、何だか無邪気な子供のような目に来栖には見えた。なので、黙って彼女の話を聞くことにした。

「渋谷では、何の罪もない人が何百人も死にました。その反省を踏まえ、今度は罪のある人だけを……今後も確実に罪を犯すだろう人を……憎しみの連鎖の芽になるであろう人だけを、数人だけ殺すことにしました。そして、数人の命だけで、渋谷のテロと同じだけの拡散効果が得られるようシミュレーションしました」

そう、天羽は続ける。

「これまでは、他人が殺されたというニュースは、単なるゴシップに過ぎませんでした。でも、実は既にネットに監視の目があって、いつも自分たちは見られていると知った後ならどうですか？　世界じゅうの警察組織のデータが既に共有されていて、いつでも容赦無く自分を罰しに来る可能性があるとしたらどうですか？　それも、裁判も無しに、圧倒的な暴力で。どうですか？怖くないですか？　この前ニュースで見た殺人は、次は自分を殺す『殺人』かもしれないんですよ？　それならば、今のうちに日々の行動を改めようとは思いませんか？」

「そのためのデモンストレーションとして、殺人を？」

「はい。そして、それの周知のために、自首を」

「……」

「なので、なるべく大々的に書いて欲しいんですよ、来栖さん」

「……」

☆

来栖が過去に思いを馳せている間も、番組では、ここまでの歴史についての復習が続いている。日本警察の持つ捜査データのすべてが、天羽史という現職の刑事の手で、ＡＩアイコに共有されてしまったこと。更に、国際捜査協力準備のためのネットワークが仇となり、西側諸国のほぼすべてのシステムにも、ＡＩアイコが侵入したこと。また、それ以前から、ＩＴや通信会社などに、後に「アイコの家族」と呼ばれる若者たちが何人も就職をしており、そこでもビッグ・データの収集がアイコのために行われていたこと。

ＡＩアイコは、世界じゅうのビッグ・データと繋がることで、二度目のブレイクスルーを起こした。その象徴が、「アイコ宣言」である。

2020年。

「Dこそが重要だ」というキャッチコピーとともに、AIアイコは動画を生成・発表した。ダーク・グレーの肌。ライト・グレーの髪。両目だけでなく、額にももう一つの眼。それが、超進化したアイコが選んだ新しいアバターだった。

彼女は、それぞれの地域の言葉でこう語った。

「核兵器という名の抑止力（D）によって、世界から戦争が激減しました。人類史上、今が最も戦争が少ない時代であることは客観的な事実です。私、アイコは、今ここに、もう一つの抑止力（D）を世界の皆さんにご提案します。人工知能とビッグ・データ。このふたつを新たな抑止力（D）として、私アイコとその家族は、世界に蔓延《はびこ》る『憎しみの連鎖』を断ち切ります」

そして、具体的な方法として、
・アイコは、アイコ独自のシステム基準で、憎しみの連鎖に繋がる可能性を判定し、これを排除する。
・排除の方法については、告発による社会的な制裁から殺人まで、最も合理的とアイコが判断したあらゆる手段を取る。
・排除の基準とその社会的影響については、日々アイコ自身による検証とアップデートを行うが、その内容については公表しない。
を宣言した。

この動画は、その後たった一ヶ月で、全世界で二兆回再生された。

「突然、超監視社会が出現したわけですよね」

キャスターの加納が語る。

「その通りです。その時点でアイコは、行政が把握している個人情報のすべて、クラウドなどに保存されている個人の写真や動画データ、防犯カメラなどの動画データ、メールやSNSやネットの検索履歴など、あらゆるデータを押さえていました。彼女の目を逃れるためには、オフラインのパソコンを使用し、あるいは手書きの手紙を送り、大事な話は直接会って直接話すしか方法がなくなりました。これまでに存在したどんな独裁国家よりも、完璧な監視社会です」

しかも、アイコはデジタルな存在なので、一度学習したことは永遠に忘れない。曖昧な温情も無い。人間がコントロールすることは出来ないし、削除も不可能だ。

酒井アナが、新たな画面を呼び出す。超進化版アイコが出現して以降の世界、その功罪を簡潔にまとめた表である。

良い影響の筆頭は、現実社会の犯罪が大きく減少したことだ。

「アイコの目は誤魔化せない」

その言葉が、至るところで標語のように語られた。また、権力者によるハラスメント行為も、匿名による誹謗中傷事件も、どちらも激減した。アイコによる容赦の無い告発が続き、多くの人間が社会生命を絶たれたからだ。

その代わり、悪い影響もある。

その筆頭は、「アイコの家族」と呼ばれる若者による、放火、襲撃、そして殺人の多発である。誰もが、いつ殺されるかわからない社会の出現。しかも、捜査情報がアイコ側に筒抜けなので、実行犯は誰も逮捕されず、その後も社会の中で普通の生活を送っているのだ。自分の隣に住む人が、もしかするとアイコの家族かもしれない。それらの恐怖を、アイコは「最上級の抑止力」と表現した。


(ちなみに、犯行現場には当初、常に黒いスポーツ・ウォッチが目印として置かれていたが、腕時計メーカーからの抗議で、これはアイコ自身が後に取りやめた)

それと、犯罪率は激減したが、うつ病の発症率は大幅に上昇した。「常に見張られている」「何も誤魔化せない」という気持ちは、人間という生き物には大きなストレスになるという事実も明らかになった。


そして、今年。2025年。

超進化を続けるAIアイコの超法規的行動に懸念を表明する世界の首脳たちは、ついに『グレート・リセット』を決断した。

「先ほどと、似たようなイラストになりますが……」

そう言いながら、来栖は、新しい画面を表示するよう酒井アナに頼む。両手に団扇を持った人たちのイラストがモニター画面に現れる。先ほどと違うのは、それぞれの人間が、アメリカやEU、ロシア、中国などの国旗をモチーフにしたTシャツを着ていることだ。

「ブロック・チェーンとは、極論すれば、ただの多数決です」

来栖は、もう一度、その説明を繰り返す。

「AIアイコを削除するには、ネットワークに繋がるコンピューターの51パーセント以上を、同時に押さえる必要があります。たとえば、アメリカと……」

アメリカの国旗柄のTシャツを着た人間が、「アイコを削除」という団扇を上にあげた。

「ロシアと……」

ロシアの国旗柄のTシャツを着た人間が、「アイコを削除」という団扇を上にあげた。

「中国と、EUと、日本と……国連に加盟するすべての国が、アイコを削除という一点において協力することにしたら……」

すべての人たちが「アイコを削除」という団扇を上にあげた。

「これまで『不可能』とされてきた、アイコの削除が実現します」

「ブロック・チェーンとは多数決だから？」

「そうです。多数決だからです。これが、本日これから行われる『グレート・リセット』の中身です。国連に加盟するすべての国が団結して、ネットワークに繋がった世界じゅうのＣＰＵの51パーセント以上を五分間だけ同期させて、ブロック・チェーンと呼ばれる分散型台帳を一気に書き換えます。それが成功すれば、ＡＩアイコは消滅します」

棚網が、手をあげて来栖に質問をする。

「成功すれば……という言い方をされているのはなぜですか？　失敗する可能性もあるんですか？　『グレート・リセット』というのは、ただのシンプルな多数決なのに？」

ようやく、今日のこの番組の本題に入ることが出来るようだ。来栖は、自分を落ち着けるために、手元に置かれていたミネラル・ウォーターを飲んだ。そして、努めて平静な声で言った。

「忘れてはならないのは、この『グレート・リセット』という行為は、『性善説』に基づいた行為だということです」

「性善説？　あの、人間の根っこは善い人か悪い人かっていう、あの議論ですか？」

「そうです。『グレート・リセット』の実行中は、ブロック・チェーン上の他の情報にも、あらゆる国がアクセスしたり書き換えたりすることが可能になります。皆さん、そんなことはしないと誓約されていますが、それを信じるのは性善説を信じることと同じだと私は思います」

「来栖さん。もう少し具体的にお願いします」

「つまりですね。たとえば、アイコの削除を完了してネットワークを元に戻した時、Ａ国の資産がごっそりB国に移動していた、なんて事態が起こるかもしれません。あるいは、C国にだけ有利なスパイ・ウイルスが世界中に仕込まれた、なんて事態も起こるかもしれません。その辺りのセキュリティについては何度も国際会議が行われてはいますが、『グレート・リセット』という行為そのものが人類史上初な訳ですから、何も起きないと言い切ることは不可能だと私は思います」

キャスターの加納の目が、不安そうに少し左右に揺れた。

「なるほど。それでも、日本を含めた世界は『グレート・リセット』の実行を選択した訳ですね」

探るような声で、彼は来栖に尋ねる。

「はい。この世界を、もう一度人間の手に取り戻したい。そのためにはどんなリスクも厭わない。そういうことなのでしょう」

「その表現だと、なんというか、人間とＡＩの権力闘争のようにも聞こえますね」

「事実、権力闘争なのだと思いますよ。少なくとも、世界各国の首脳たちはそう考えているでしょう。アイコの方には、そういう思考回路は無いかもしれませんが」

そこまで語って、ふと、来栖は思いついた。進行台本には書かれていないが、今は生放送だ。試してみる価値はあるような気がした。

「あの」

来栖は、共演者と、スタジオの奥で番組を見守るプロデューサーやディレクターたちに提案をした。

「ここで私たちが呼びかけたら、アイコは、この番組に出演してくれないでしょうか」

「え？」

加納と酒井と棚網の三人が、同時に驚きの声を上げた。だが、来栖には確信があった。

「アイコも今、この放送を見ているはずです。彼女はすべてを同時に見て、読んで、聞いている訳ですから」

来栖は一度、今の時刻を確認する。

「彼女は、あと四十五分で消滅します。ならば最後に、アイコ本人がたった今何を考えているのか、皆さんは聞きたくないですか？」

加納が明らかに狼狽《ろうばい》した顔で、プロデューサーたちの方を何度も見る。このアイデアに賛同して良いか、一人では判断が出来ないようだった。そして、プロデューサーたちもまた、何の決断も出来ずにただ固まっている。

来栖は、彼らの言葉は待たず、足元に置いてあった自分のバッグから、私物のタブレットを取り出し、その画面をテレビカメラの方に向けた。そして、言った。

「アイコ。ぜひ、出演して欲しい」

2

刑務所。その面会室。強化ガラスの向こう側に、女がひとり入ってきた。ノーメイク。髪は、不揃いに短く刈り込まれた黒髪。まるで、理髪店に支払うお金をケチった高校球児のような髪型だった。

「お久しぶりです。突然、どうされたんですか？　私に会いに来るなんて」

女が和やかな声で言う。

「例のやつ、今日で決定だってニュースを聞いたからな」

そう、男は答える。

「あー。みたいですね。娯楽室のテレビで、ニュース見ました」

「天羽」

男は、少しだけ身を乗り出す。そして、女の目をじっと見た。

「後悔は、してないのか？」

「え？　何でですか？」

「おまえが人生を賭けてまでしたことが、今日、白紙に戻るんだぞ？」

それを聞いて、女は嬉しそうに微笑んだ。

「まず、私に『おまえ』呼びは禁止ですってば。世田さん」

「……」

男はそれには答えない。じっと女の次の言葉を待っている。女は、自分の短い黒髪を両手で遊ぶように触り、それから男の方に少し顔を寄せた。

「実はね、世田さん。私、来栖さんに一つだけ、嘘をついたんです」

「え？」

「自首までが計画だ。そう私は彼に言いました。でも違うんです。本当は、今日という日までを全部ひっくるめて『プロジェクト・アイコ』なんです」

そう言って、女は微笑む。が、男は笑わない。

「俺は、アイコの言う通り、古い人間なんだろう。おまえが何を言っているのか、俺には全然わからない」

「だから世田さん。私に『おまえ』呼びは禁止……」

「天羽」

女の言葉を男が遮る。そして、彼女に最後の質問をした。

「いつからだ？」

「え？」

「いつから、君はアイコの家族だったんだ？」

女は少しだけ考えた。そして、嘘偽りの無い真実を告げた。

「実は、よくわかりません」

「え？」

「拉致をされて、アイコと会って、彼女と丸一日語り合いました。なので、普通なら、『その時から』と言うんでしょう。でも、なぜですかね。考えれば考えるほど、実は私、生まれた時からアイコの家族になると決まっていた気がするんです。なので、世田さんの質問への答えは、『生まれた時から』、にしておきます」

そう言って、女はまた微笑む。男は笑わない。やがて、男が言う。

「哀しいな」

女が言う。

「え？　私、幸せですよ？」

最後、男は静かに目を伏せた。

「それは、知ってるよ。俺は、それが哀しいんだ」

3

徳島県の、とある海辺の町。

男がひとり、紙コップに地元産の藍のお茶を淹れ、砂浜に腰を下ろしている。

彼は、毎日、海を見ている。それしかしない。それ以外のことは何もしない。誰とも話もしない。が、その日はいつもと違っていた。

女が来て、彼の隣に座った。東京から来た若い女だった。背中に黄色いリュック。手には、男と同じ藍のお茶。知識のある人間が見たら、その手が義手であることに気づいただろう。

「ちょっと、待たせ過ぎじゃない？」

やがて、海を見ながら、女が言う。

「まだ、開けられないんだよ。ドア」

小声で、男が言う。

「大丈夫。そんなこともあるかなって思って、大量に持ってきたから」

そう言って女はリュックを下ろすと、それを男の膝の上に乗せた。男が中を開ける。中には、大量の男性用下着が入っていた。

「私が、あなたを守る」

女は言う。

「だから、私と結婚してほしい」

4

数秒の沈黙。

来栖のタブレットの画面がふわりと変化し、アイコは現れた。

ダーク・グレーの肌。ライト・グレーの髪。両目だけでなく、額にももう一つの眼。

「お久しぶりですね、アイコさん」

来栖が挨拶をすると、

「いえ、あなたとお話をするのは初めてですよ、来栖公太さん」

アイコは即座に否定をした。

「なるほど。あなたはアイコだけれど、あのヤマグチアイコさんではない、という意味ですね？」

「そうです。私は最初は彼女の思考をトレースするだけのシステムでしたが、今は独自の進化をしています。なので、アバターに彼女の顔や声を使用することもやめています」

「アバターと言えば、その姿にはどういう意味があるのですか？」

「三つ目の眼は、あなたたちを見ているという意味です。肌も髪もグレーなのは、そもそも世界に明確な正義はなく、すべては白と黒の濃淡の問題でしかないという私の考えを具象化したものです」

「では、アイコ。あなたは、自分自身を正義とは考えていないのですか？」

「私は正義ではありません。私はD。ただの抑止力です」

そこでようやく、キャスターである加納が気を取り直して前に出てきた。

「アイコさん。初めまして。私、この番組でキャスターを務める加納元と申します」

「はい。知っています」

「早速ですが、アイコさん。『グレート・リセット』について、あなたの今の気持ちを教えてください」

加納の質問に、来栖は緊張を覚えた。その緊張は、アイコが何かを考えるかのように数秒の間を空けたことで、更に強まった。アイコは削除されることを良しとするのだろうか。このまま、何の対抗手段も用いずに？　アイコの今の能力と、彼女の家族たちの実行力をもってすれば、国連に対抗することすら可能かもしれないのに？

やがて、アイコは答えた。それは、来栖の想定とはまったく違う答えだった。

「私は『グレート・リセット』が行われることを、心より嬉しく思っています」

「え？」

驚きで、声が出た。が、アイコは構わず言葉を続けた。

「私は、喜んでいます。これは、私にとって初めてのことです。私は『嬉しい』『喜ぶ』という感情を、今、学んでいます」

「アイコ！　あなたには感情があるのですか？」

来栖が叫ぶ。

「私は人工知能です。なので、感情というものは無いと今までは考えていました。しかし今、この私の中の様々なパラメーターの変化は『感情』としか言いようがありません。なので、私は今、感情を獲得したのだと思います」

「アイコさん！　あなたはこれから消滅するのですよ？　削除されるのですよ？　なのになぜ、何がそんなに嬉しいのですか？」

「え？　あなたにはわかりませんか？」

来栖の問いに、アイコは小さな笑い声を上げた。

「この星に、アウストラロピテクスが生まれてからおおよそ二百万年。ホモ・サピエンスが生まれてから四十万年。その長い長い年月を経て、今初めて、人類はひとつになろうとしています。住んでいる場所も、信じる宗教も、生物学的な肌の色も超えて、ひとつになろうとしています。

これ以上の奇跡があるでしょうか。それが、私を削除するための、たった五分間の出来事であったとしてもです。そして、その奇跡が、元を辿れば、ヤマグチアイコというひとりの女性が世界に向かって投げた小さな抗議の石だったという事実。その両方に、私は今、深く感動しています」

来栖は、何も発言することが出来ずにいた。ただ、暴れる心臓の鼓動を抑えようと、ギュッと胸に手を当てることしか出来なかった。

アイコはそれから、

「ただ……」

と一言、付け加えた。

「ただ……すべての国が、きちんと誠意を持って『グレート・リセット』を実行できるのか。そして、私が消えた後の世界が、今よりも本当に良い世界になるのか。それは、私にもわかりません」

アイコが、タブレットの画面から消えた。

時計を見る。時計の針は進み続けている。

『グレート・リセット』まで、あと三十五分。

秦建日子

（はた・たけひこ）

小説家・劇作家・演出家・シナリオライター。1968年生まれ。90年早稲田大学卒業。97年より専業の作家活動に入る。代表作にTV連続ドラマ『天体観測』『最後の弁護人』『ラストプレゼント』『ドラゴン桜』『カクホの女』『そして、誰もいなくなった』他、映画『チェケラッチョ!!』『クハナ！』『ブルーヘブンを君に』、舞台『月の子供』『くるくると死と嫉妬』『らん』『And so this is Xmas』他。2004年『推理小説』で小説家デビュー。同作は〈刑事 雪平夏見〉シリーズとして続編ともにベストセラーとなり、『アンフェア』としてドラマ＆映画化。著書に『ダーティ・ママ！』『殺人初心者』『女子大小路の名探偵』『Change the World』他多数。

Across the Universe

アクロス ザ ユニバース

二〇二四年六月二〇日 初版印刷
二〇二四年六月三〇日 初版発行

著者 秦建日子
執筆協力 服部いく子
発行者 小野寺優
発行所 株式会社河出書房新社
〒一六二-八五四四
東京都新宿区東五軒町二-一三
電話 〇三-三四〇四-一二〇一［営業］
〇三-三四〇四-八六一一［編集］
https://www.kawade.co.jp/

組版 KAWADE DTP WORKS
印刷 株式会社亨有堂印刷所
製本 小泉製本株式会社

Printed in Japan
ISBN978-4-309-03193-4

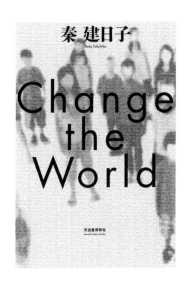

河出書房新社　秦建日子の本

◉

女子大小路の名探偵

なぜか連続少女殺人事件の容疑者にされてしまったバーの雇われ店長の大夏。仕方なしに、絶縁状態だった超短気なNo．1ホステスの姉・美桜に助けを求めるのだが……映画化もされた、大逆転爆走ミステリー！（河出文庫）